ENTRE MONSTROS e FANTASMAS

M. R. FOURNET

TRADUÇÃO
Luisa Facincani

ENTRE MONSTROS e FANTASMAS

FARO EDITORIAL

COPYRIGHT © FARO EDITORIAL, 2024
BRICK DUST AND BONES
COPYRIGHT © 2023 BY M.R. FOURNET
PUBLISHED BY ARRANGEMENT WITH FEIWEL & FRIENDS, AN IMPRINT OF MACMILLAN
PUBLISHING GROUP, LLC. ALL RIGHTS RESERVED.

Todos os direitos reservados.
Nenhuma parte deste livro pode ser reproduzida sob quaisquer meios existentes sem autorização por escrito do editor.

Diretor editorial **PEDRO ALMEIDA**
Coordenação editorial **CARLA SACRATO**
Assistente editorial **LETÍCIA CANEVER**
Tradução **LUISA FACINCANI**
Preparação **DANIELA TOLEDO**
Revisão **ANA PAULA SANTOS e BARBARA PARENTE**
Diagramação e adaptação de capa **VANESSA S. MARINE**
Imagens de capa e miolo **L. WHITT e FILOMENA TUOSTO**

Dados Internacionais de Catalogação na Publicação (CIP)
Angélica Ilacqua CRB-8/7057

Fournet, M.R.
 Entre monstros e fantasmas / M.R. Fournet ; tradução de Luisa Facincani. -- São Paulo : Faro Editorial, 2024.
 160 p

 ISBN 978-65-5957-506-0
 Título original: Brick Dust and Bones

 1. Literatura infantojuvenil I. Título II. Facincani, Luisa

 24-0255   CDD 028.5

Índices para catálogo sistemático:
1. Literatura infantojuvenil

1ª edição brasileira: 2024
Direitos de edição em língua portuguesa, para o Brasil, adquiridos
por FARO EDITORIAL
Avenida Andrômeda, 885 – Sala 310
Alphaville — Barueri — SP — Brasil
CEP: 06473-000
www.faroeditorial.com.br

Dedicado à memória do
tio Ray e da tia Margie

1

CERTA VEZ ALGUÉM PERGUNTOU para Marius Grey se ele sabia qual era o gosto do pavor, e ele respondeu, com muita confiança, que tinha gosto de moeda.

A atmosfera ficava eletrizada quando um monstro entrava no ambiente. Os cabelos, arrepiados, aquele mau pressentimento — tudo começava com uma faísca. Cobre e metal queimados com uma carga. Só pessoas terrivelmente chatas conseguiam ignorar uma coisa dessas.

É só uma preferência pessoal dos monstros atormentar casas com péssimos eletricistas, sabia? Qualquer lugar cheira a metal se os fios estão expostos. Não é algo sobrenatural.

Marius sentiu o gosto de várias moedas na boca enquanto estava agachado dentro do armário de Violet Humphrey. Ele podia vê-la através da fresta da porta, que dava para o quarto dela. A mãe da garota a tinha fechado sem saber que ele estava escondido atrás de uma prateleira de vestidos e bichos de pelúcia. Foi preciso muito esforço para afastá-los devagar e vigiar a garota.

Fiquei sabendo que a maioria dos eletricistas na região de Nova Orleans são bêbados e viciados em apostas. É por isso que existem tantas assombrações.

— Chega, mãe — sussurrou Marius no escuro. — Como na maioria das vezes, você só tem setenta e cinco por cento de razão. E os monstros na natureza? Não há eletricidade lá.

Eles são exceções, mas você não deveria responder a sua mãe. É falta de educação.

Havia várias coisas incomuns a respeito dessa conversa particular, sussurrada no armário de uma criança inocente. Uma delas era que Marius Grey estava conversando com uma voz sem corpo. Ele estava sozinho, apenas com seu livro como companhia. Outra era que a voz sem corpo pertencia à sua mãe, que estava, ao que tudo indicava, morta.

— Me deixe em paz. Tenho que vigiar a garota — ele rebateu.

Violet, de sete anos, dormia um sono irregular, com o cabelo loiro-escuro espalhado ao redor do travesseiro. Ela parecia saber, de maneira inconsciente, do perigo que crescia no mundo real enquanto dava gritinhos e se debatia durante o sono. Marius prendeu a respiração, esperando que ele aparecesse. Monstros eram pacientes, mas até certo ponto. Não demoraria muito mais.

Devagar, ele trocou seu peso de lugar dentro do armário. Sua perna esquerda estava quase dormente. Mover o corpo permitiu que o sangue fluísse de volta para ela, e um formigamento veio junto. Foi preciso morder o lábio para segurar os gemidos de dor, mas, ei, o que funcionasse estava valendo, não é? Ele não deixaria a pequena Violet Humphrey travar aquela batalha sozinha. Que tipo de caçador de monstros ele seria?

Como se convocados por seus pensamentos, tentáculos pretos se estenderam por baixo da cama de Violet. Primeiro um, e depois dois, e três, e sete. Se você não soubesse a verdade, poderia pensar que um grande polvo preto estava emergindo de algum coral escuro. Ele preferiria que fosse um polvo. Violet devia desejar a mesma coisa.

O corpo do bicho-papão se solidificou, revelando um longo casaco feito de sombras tênues e uma cartola de veludo refinado. Ele inspirou e expirou, consolidando sua forma. Esticou as mãos ossudas e abriu os dedos nodosos. Marius viu um nariz pontudo e um sorriso macabro. A cartola cobria os olhos, mas todo bom caçador sabia o que havia por baixo.

— Violet — o bicho-papão sussurrou na noite tranquila. — Violet Humphrey, acorde e olhe para mim.

Os cabelos se mexeram até ela se deitar com o lado direito virado para cima. Seu pequeno nariz brilhava sob o luar. Ela deu algumas fungadas hesitantes e se firmou. Um chiado baixo de medo se transformou em um soluço na garganta quando ela se virou para encarar o bicho-papão. A pobrezinha puxou o cobertor até o queixo, apesar da noite quente.

— Olhe nos meus olhos, Violet — o bicho-papão ordenou. — Olhe aqui, criança.

— Não — ela respondeu, se sentando. Os olhos arregalados espiaram por baixo da cortina de cabelo em seu rosto. — Não, não vou olhar. Contei para a minha avó sobre você, e ela disse para não fazer o que você pede.

— Você olhará, criança. Como não olharia?

— Nem pensar — Violet disse com a voz trêmula. Ela se recusou a dar as costas para o bicho-papão, mas fechou os olhos com força como forma de protesto.

— Aguente firme, pequenina — Marius sussurrou. — Estou quase pronto.

Marius se inclinou para a frente, dando espaço para que seu livro escorregasse do bolso interno incrivelmente fundo para sua mão. O volume parecia pesado e reconfortante. Nada como um livro bom e pesado para nos fazer sentir seguros. Ele folheou as páginas no escuro até encontrar a fita que marcava o local correto. Ali estava — a próxima página em branco.

Ficar em pé dentro do armário não era uma tarefa fácil. Pelo visto, Violet amava encher o lugar de brinquedos. O pé de Marius escorregou em uma bola que teria feito com que ele perdesse o equilíbrio, se não tivesse se agarrado a uma capa de chuva pendurada num cabide. Por sorte, o bicho-papão não ouviu nada. Estava ocupado demais iniciando seu lamento.

O grito é horrível, ainda assim, os pais não o escutam. Era uma benção e uma maldição se você fosse como Marius, um caçador de monstros aos doze anos. Ouvir um grito tão horrendo era péssimo, mas necessário.

Era como uma sirene de alerta. O engatilhar de uma arma antes de o gatilho ser puxado. Se Marius fosse incapaz de ouvir o lamento do bicho-papão, ele poderia perder sua chance. Colocaria a pobre Violet em mais perigo do que ela já estava. Quando ele olhou pela fresta de novo, Violet cobria os olhos com as duas mãos e chorava.

Segurando o livro com a mão esquerda, Marius buscou no bolso da frente, o mais próximo de seu coração, o pó de tijolo que ele sabia que estava lá. Pegou um punhado com a mão direita. Com um chute forte, a porta do armário se abriu e Marius apareceu, pronto para a batalha.

O bicho-papão se virou para ele com um estalar brusco de cabeça. Seus olhos brilhavam vermelhos por baixo da cartola de veludo preta, como dois faróis demoníacos em uma rua escura. Ele não gritava mais. Depois de notar Marius, o monstro rosnou da maneira que só animais fazem.

— Marius Grey! — o bicho-papão disse, apontando um dedo longo e afiado em sua direção.

Sua boca se abriu muito mais do que a boca de qualquer ser humano jamais conseguiria. Ela formou uma espécie de sorriso, como se alguém a tivesse esculpido em uma árvore queimada e então a aberto à força com um pé de cabra. Quando a boca se abriu por completo, não havia como impedir o cheiro de podridão e ruína que saía dali. O aroma dos restos apodrecidos das almas de crianças que ele havia devorado.

Os olhos de Violet estavam abertos agora, e ela olhava do caçador para o bicho-papão. O bicho-papão a ignorou. Ele estava muito mais preocupado com o intruso, que era o que Marius queria.

O bicho-papão se lançou sobre o caçador, mas Marius saltou para o lado, atirando pó de tijolo em seus olhos brilhantes. O monstro jogou a cabeça para trás e gritou, agarrando o rosto, desesperado. Marius correu até a cama de Violet e estendeu as mãos para ela. Ela saltou em seus braços sem hesitar.

— Quem é você? — ela perguntou, com um guincho escapando da garganta.

— Marius Grey, caçador de monstros. Aqui, segure isto e não perca a página.

Marius lhe entregou o livro e colocou o dedo minúsculo da garota para marcar o lugar. O grande volume vermelho parecia enorme nos braços dela, mas ela aceitou com determinação no rosto. Em outro bolso, pegou o saleiro prateado.

— Vou fazer um círculo com isso — Marius disse. O bicho-papão ainda estava se debatendo, tentando tirar o pó de tijolo do rosto. Era apenas uma questão de tempo até ele conseguir. — Quando eu fizer isso, fique dentro dele. Seja como for, não saia e não olhe nos olhos dele.

Ele desenhou um círculo de sal imperfeito ao redor de Violet e de si mesmo. Foi no momento exato, porque o bicho-papão horrendo correu na direção deles, com os olhos brilhando e os dentes à mostra. Quando chegou ao sal, bateu em uma barreira invisível. Era como ver um trem macabro atingir uma parede de tijolos.

A criatura desabou, mas se levantou de novo, destemida. Afinal, os bichos-papões são feitos, mais ou menos, de névoa e medo. Restava pouco tempo. Se ele tivesse a ideia de fugir pela janela, Marius o perderia outra vez, com certeza. Isso significaria duas semanas rastreando fumaça.

Marius arrancou o livro das mãos de Violet, o abriu rápido e segurou a página em branco na direção do bicho-papão. Assim que o monstro viu o nome escrito na página, ele se encolheu, procurando, desesperado, por uma saída.

— É tarde demais para isso. Eu te peguei — Marius disse.

— É o que você acha, caçador de monstros! Seus feitiços fracos não...

— Agarre com força, não deixe escapar. Pó de tijolo e sal para afastar. Linha invisível, um anzol a puxar. Faça o monstro no livro ficar!

Ao terminar o feitiço, o bicho-papão soltou um lamento. O livro de Marius brilhava num tom carmesim enquanto sugava a criatura. Todos os monstros lutavam contra essa força, mas não adiantava. Daria na mesma lutar contra o passar do tempo ou o nascer do sol. Os tentáculos finos tentaram se agarrar às grades da cama de Violet, mas não tiveram sucesso. O livro sugou cada centímetro dele para dentro, e Marius fechou a capa por completo em cima dele.

2

A GAROTA ASSUSTADA AINDA estava sentada no círculo de sal, com o corpo todo tremendo. Ela era uma coisinha minúscula dentro da sua enorme camisola. Só pele e osso por baixo de uma tenda roxa. Violet envolveu os joelhos com os braços, respirando de maneira pausada e superficial. Marius espiou por entre o emaranhado de cabelos e viu que seus olhos estavam bem fechados.

— Você pode abrir os olhos agora — ele disse, pegando a mão de Violet. — Ele já foi embora. Você está salva.

Os olhos de Violet se abriram espantados. Ela observou o quarto, procurando pelo monstro. Quando viu o livro de Marius, ainda brilhando fraco por conta da captura, recuou alguns passos, chutando sal pelo piso de madeira.

— Você está ouvindo? — ela perguntou.

— Ouvindo o quê?

Agora que o mundo estava livre do bicho-papão lamentoso, Violet e Marius ouviam tudo com muito mais clareza. O barulho no qual se concentraram era o som revelador de passos de adultos vindo em sua direção.

— São meus pais!

— Rápido! Volte para a sua cama — ele disse.

Violet correu para a cama, jogando as cobertas por cima de si outra vez. Marius agarrou um tapete com formato de um gato e o jogou sobre o círculo de sal. Seu primeiro instinto foi voltar para o armário, mas não dava tempo. Estava longe demais. Ele tinha que tomar uma decisão rápida para não ser pego.

Marius jogou um pouco de pó de tijolo no caminho que levava à porta. Correndo, ele deslizou pela madeira. Ele estava muito agradecido por ter deixado os sapatos no armário de Violet para poder se esgueirar com mais facilidade. Agora, ele só usava meias. O que é, de longe, a melhor coisa a fazer se você quer deslizar rápido pela madeira polida. O pó impulsionou seu corpo bem na direção dos passos que se aproximavam. Ele só queria chegar ao canto do quarto antes que os pais dela abrissem a porta.

Para alívio do caçador, seu ombro bateu no canto do quarto de Violet no momento em que a mãe abriu a porta. Marius se encolheu junto à parede o máximo que pôde. A madeira ficou a um centímetro de acertar seu nariz. Ele prendeu a respiração e se concentrou em diminuir de tamanho.

— Violet, meu amor, o que está acontecendo aqui? Ouvimos um tumulto — sua mãe disse, parecendo, ao mesmo tempo, preocupada e irritada.

A luz quente do corredor invadia o lugar, criando um retângulo de iluminação no quarto. Os olhos de Violet estavam arregalados, e ela os movia da mãe para Marius. Sua boca estava aberta e formava um "O" incerto de surpresa.

— Você estava dançando aqui de novo? — disse uma voz paternal.

A sombra de um homem apontava para o tapete que cobria o sal. Quando ela lançou a Marius outro olhar, ele balançou a cabeça devagar. Ele colocou um dedo sobre a boca. Era o sinal infantil universal para mentir para os pais.

— Tive um pesadelo — Violet finalmente disse.

— Um pesadelo ruim o bastante para mover o tapete? — o pai perguntou.

— Hum... sim. Um pesadelo bem ruim.

— Bom, isso não faz o menor sentido — a mãe disse.

— Meu pesadelo não fazia o menor sentido — Violet disse, dando de ombros. — Por isso não faz o menor sentido.

— Por que você se levantou e moveu o tapete? — a mãe perguntou, parecendo mais irritada do que antes. — A verdade agora.

— Eu não movi o tapete. Meu pesadelo deve ter feito isso — Violet respondeu.

Houve um longo momento de silêncio, no qual Marius colocou o livro que ainda vibrava debaixo do sobretudo. A luz agora era só um brilho suave. Qualquer sinal ou som poderia entregá-lo. Violet olhou para Marius outra vez. Um pequeno brilho irradiou em seus olhos. O reconhecimento de uma ideia que poderia ser boa e ruim.

— Papai me deu uma Coca-Cola antes de dormir!

Os pés dos pais se arrastaram do outro lado da porta. Ficaram calados, enquanto o ar do quarto mudava. Marius tinha que admitir, era um ótimo truque. Violet era muito esperta. Quando uma dúvida surgir, bote a culpe em alguém, e os pais são, em geral, os melhores alvos.

— Você a deixou tomar Coca-Cola antes de dormir? — a mãe de Violet perguntou. Sua voz estava firme. As palavras saíram baixas e distintas, como se ela as estivesse cuspindo por entre os dentes. Uma raiva mal controlada na frente da criança.

— Não achei que traria pesadelos — o pai respondeu.

— Tom, pelo amor de deus.

— Você tem razão, Laura. Me desculpe — ele disse com uma voz apaziguadora. — Violet, nada de Coca-Cola três horas antes de dormir.

Violet se encolheu um pouco. Marius podia perceber que isso a deixara chateada. Ela tinha aberto mão de algo que gostava para salvar a pele dele.

Bom, para salvar os dois. Se seus pais o descobrissem, seria o fim. Eles o expulsariam, talvez até chamassem a polícia. Alguém levaria o livro dele. Nas mãos erradas, o bicho-papão escaparia e voltaria a fazer banquetes com a alma das crianças.

— Vamos — a mãe disse. — Vou ajeitar você de volta na cama.

Os olhos de Marius se arregalaram e ele balançou a cabeça para Violet. Se a mãe dela a ajeitasse na cama, ela com certeza iria se virar, e então o veria escondido atrás da porta.

— Não! — Violet gritou.

— Por que não?

— Estou... bem. Mamãe, estou bem. Pronta para dormir de novo. Boa noite.

— Ah. Tudo bem, então. Boa noite, querida — a mãe disse.

— Chega de correr pelo quarto, Violet. Direto para a cama — o pai ordenou.

— Juro, juradinho — Violet respondeu, erguendo a mão como em um juramento.

Devagar, a mãe e o pai saíram do quarto e fecharam a porta. Marius esperou até ouvir os passos desaparecerem no corredor. Quando o caçador se levantou, esticou as pernas rígidas. Ficar agachado assim era um problema para o corpo. Violet desceu da cama e caminhou na ponta dos pés em sua direção.

— Essa foi por pouco — ela sussurrou.

— Obrigado pelo apoio — Marius agradeceu.

— Quem é você? — ela perguntou de novo.

— Sou Marius Grey, caçador de monstros — ele repetiu, estendendo a mão.

— Mas você é uma criança — ela comentou, observando-o o melhor que podia no escuro.

— Você não precisa ser um adulto para fazer este trabalho.

— Ele... ele vai voltar algum dia? — ela perguntou, apontando para o livro na mão dele.

Seus olhos arregalados começaram a lacrimejar por baixo do emaranhado de cabelo selvagem. Ela era uma garota esperta, mas ainda era só uma garotinha que havia visto um monstro enorme. Marius abriu os braços e ela correu até ele. Ele a abraçou com força até seu corpinho parar de tremer.

— Ele nunca mais vai machucar você. Prometo.

3

HAVIA VÁRIOS LUGARES PARA se coletar a recompensa do bicho-papão. Alguns eram bons e limpos. Outros ficavam na periferia da cidade e atraíam o pior tipo de pessoas mágicas. O Habada-Chérie era um meio-termo.

Ficava em uma rua bastante movimentada na cidade de Houma. O edifício era feito de tijolos escarlates com quatro colunas brancas nos cantos. Cada coluna tinha fendas nas laterais que se assemelhavam a janelas falsas. Marius sabia que eram falsas, porque o Habada-Chérie não tinha janelas. Também não tinha porta. Bom, pelo menos não uma que o mundo exterior pudesse ver.

Marius caminhou até a frente do edifício. As palavras *O Habada-Chérie* estavam pintadas de forma grosseira do lado de fora. Parecia mais um grafite do que uma fachada de loja.

A caçada na casa de Violet havia demorado menos do que ele esperava. Eram apenas dez horas, então as ruas estavam mais movimentadas do que ele gostaria. Ele deveria ter enrolado mais, talvez até ter ido para casa primeiro. Carros passavam zunindo, e em algum lugar mais para cima na rua, pessoas riam de algo que ele não conseguia ouvir.

O cheiro de água do riacho e peixe frito pairava no ar. Toda comoção prosseguia ao redor do prédio, mas ninguém tentou entrar. Nenhuma pessoa perguntou por que não havia porta. O prédio estava enfeitiçado para afastar suspeitas e curiosidade.

Marius alcançou um tijolo que se destacava mais do que os outros. Estava prestes a puxá-lo quando aquela voz familiar o interrompeu.

Há lugares melhores aonde você pode ir para trocar o bicho-papão.

— Eu os conheço — disse ele.

Eles não são os melhores indivíduos lá dentro. Há a antiga casa de Marie Laveau e o lugar de vodu em Metairie.

— Todos esses lugares farão perguntas. Vão me denunciar.

Eu só… estou preocupada.

— Não precisa. Está tudo bem. Vou ser rápido.

Marius abriu a porta de tijolos que arranhou o chão de cimento. Ele deu uma última olhada ao redor antes de entrar e fechar a porta.

O Habada-Chérie não atendia turistas que procuravam algo mágico para levar de lembrança para casa. Você não encontraria aqueles bonecos genéricos de vodu ou velas de feitiço falsas ali. Havia várias lojas no Bairro Francês para isso.

Não, ali era onde os verdadeiros praticantes vinham comprar seus suprimentos. Havia pedras sagradas e lâminas dentro dos armários de vidro. Raízes mágicas, ervas e pós cobriam as paredes em jarras que pareciam antigas. Apesar da aparência desgastada das prateleiras de madeira, tudo estava bem organizado.

A loja cheirava ao sobrenatural. Principalmente a óleo de incenso e madeira velha, mas havia algo mais. Estava fraco, mas quando Marius respirou fundo, pôde distingui-lo. O cheiro de um fogo apagado. Aquele cheiro de fumaça chamuscada depois de uma fogueira se apagar.

— Você de novo?

A pergunta saiu de uma garganta rouca. Marius se assustou quando Madame Boudreaux apareceu atrás do balcão.

Ela era uma anciã. Ou parecia uma anciã, pelo menos. Ele não era muito bom em adivinhar a idade dos adultos, mas até as rugas de Madame Boudreaux tinham rugas. Ela encarou Marius com seu único olho bom. O outro, cego, tinha uma cor leitosa.

— Boa noite, Madame Boudreaux — ele disse com sua voz de "tenho-que-ser-educado-com-adultos".

— Não tem nada de boa — ela retrucou.

— Estou aqui para falar com o Papa Harold — ele continuou.

— É claro que está. O que você pegou desta vez? — ela perguntou.

A sobrancelha acima do olho bom arqueou com um leve interesse.

Ele não respondeu a princípio. Em vez disso, puxou o livro de um dos bolsos internos de seu sobretudo. Ele ainda zumbia um pouco. A lombada emitia um brilho fraco. A capa estava quente junto ao seu corpo.

— Um bicho-papão.

— Ah, só isso? — ela disse, dando um aceno com a mão deformada. — Pensei que seria alguma coisa interessante. Ainda se escondendo no quarto de crianças, pelo visto. Muito assustador, garoto.

— Posso... só ver o Papa Harold? — Marius perguntou. Ele estava cansado, faminto e impaciente. — Preciso trocá-lo para poder ir para casa.

O rosto de Madame Boudreaux se contorceu em uma carranca profunda. Ela cruzou os braços como uma mulher contemplando onde acertá-lo primeiro.

— Digo, por favor — ele completou rápido. — Por favor, posso vê-lo?

Ela mancou até a beira do balcão. Por um momento assustador, Marius temeu que ela voltasse com uma colher de pau ou algo do tipo. A última coisa de que ele precisava era de outro galo na cabeça. Em vez disso, a velha megera bateu na quina e gritou para o corredor:

— Harold! Você tem negócios a tratar!

Eles ouviram um barulho na sala dos fundos. Algo duro caiu no chão com um *baque*. Depois de alguns movimentos e coisas sendo arrastadas, um homem de aparência desleixada saiu de lá com os braços cheios de livros e sacolas.

Madame Boudreaux era uma mulher baixa. Marius era quase mais alto do que ela. Quando ela ficou ao lado de Papa Harold, pareceu um *hobbit*, porque ele exibia incríveis dois metros de altura.

— Ouvi você fazendo uma bagunça, Harold. Pelo amor de Deus, me dê isso daí. — Papa Harold lhe entregou suas coisas. — Fique longe do meu depósito! Já te disse.

— Eu estava limpando. Você não alcança o topo — ele disse, num tom de voz extraordinariamente aguda para um gigante.

— Eu disse para deixar quieto! Agora, mexa-se. O garoto está aqui para trocar um bicho-papão. Cuide disso para que ele vá embora. Crianças deixam os outros clientes nervosos.

Marius aproveitou para olhar ao redor da loja. Não havia outros clientes além dele.

Não diga nada. Você não vai querer ser transformado em uma galinha de novo.

— Pois é, fiquei tossindo penas por um mês depois disso — ele disse.

— O que você disse? — Madame Boudreaux perguntou.

— Nada — Marius respondeu.

— Pensei ter ouvido...

— Não importa — Papa Harold a interrompeu. — Vamos fazer negócios, jovem Marius. Estou ansioso para ver o que você pegou.

4

MARIUS ATRAVESSOU O CORREDOR, seguindo Papa Harold. Enquanto caminhavam, Marius começou a sentir o cheiro inconfundível do guisado típico da região, gumbo. Havia uma porta escura no final do corredor que emitia uma leve luz amarelada por baixo. O aroma intoxicante devia estar vindo dali.

Ele lutou contra a vontade de ir direto para a cozinha e comer um pouco de gumbo. Não sobrava muito tempo para comer quando se perseguia um bicho-papão. Ele teve que entrar mais cedo no quarto de Violet, se esconder por horas e havia se esquecido de levar lanchinhos.

Eles chegaram à sala dos fundos, onde Papa Harold fazia seus negócios. Era espaçosa o bastante para caber, no meio da sala, uma mesa redonda média com duas cadeiras de cada lado. Cada uma delas era macia e estofada. Um papel de parede listrado mostarda e vermelho cobria as paredes, o que o deixava atordoado se ele o observasse por muito tempo.

Não havia nada de muito notável na sala, exceto pelo teto incrivelmente alto, que havia sido arqueado para permitir que a cabeça alta de Papa Harold entrasse ali.

— Sente-se, senhor Marius — Papa Harold disse, apontando para a cadeira na frente dele. — Me deixe ver o que você trouxe.

Marius retirou o livro de dentro do bolso interno do seu casaco e o colocou sobre a mesa. O volume era grande e encadernado em couro vermelho. Cada caçador de monstros tinha seu próprio livro. Um que apenas eles pudessem empunhar. O dele ainda brilhava um pouco por conta da energia dentro, mas não havia como confundir o título gravado no topo em letras garrafais.

LIVRO DOS MONSTROS DE MARIUS GREY

— Ah, que adorável — Papa Harold comentou. Seus olhos se iluminaram. — O que você pegou?

— Um bicho-papão que estava tentando comer a alma de uma garotinha — ele respondeu.

— Que bom que você interveio. Vamos ver quanto vale esse aí.

Papa Harold não era um homem atraente. Era alto e desengonçado, com um rosto castigado pelo tempo, cheio de cicatrizes. Não importava a temperatura, ele sempre usava roupas de manga comprida para cobrir as velhas feridas que havia embaixo. Suas orelhas pendiam da cabeça como dois pedaços de fígado, carnudas e pesadas. A esquerda já tinha sido furada, mas algo havia arrancado o brinco. O lóbulo esquerdo se dividia em dois, como a língua de uma cobra.

Uma pessoa teria que lutar grandes batalhas para ganhar todas essas cicatrizes. Por mais que Marius estivesse extremamente curioso sobre as histórias por trás delas, ele nunca seria tão mal-educado a ponto de perguntar.

Papa Harold pegou uma balança grande e a colocou na mesa com um estrondo. Depois, colocou o livro em um prato raso no meio da balança.

As balanças místicas serviam apenas para pesar livros dos monstros. Quando a criatura era capturada, o caçador colocava o livro na balança, e ela calculava o valor do monstro em créditos místicos. Sua força vital valia seu peso em moedas místicas.

Pessoas como Marius e Papa Harold, aquelas que viviam com um pé no mundo mágico e um fora dele, precisavam tanto de dinheiro humano quanto de dinheiro místico. O dinheiro real comprava comida, roupas e outros bens essenciais. Dinheiro místico comprava todo o resto. Favores, ingredientes mágicos e certos feitiços. Trocas e moedas místicas eram as únicas formas de comprar essas coisas.

Marius observou o livro brilhar, enquanto Papa Harold cuidava da balança. Em um dos pratos, ele colocou um centavo comum de cobre. Na outra, colocou pequenos pesos de metal. Em silêncio, ajustou os pesos de metal até que os pratos estivessem equilibrados. Então o livro emitiu uma última explosão de luz antes de se apagar por completo.

Papa Harold removeu a moeda que antes era de um centavo. Agora era uma moeda do tamanho de um dólar de prata. Ao contrário de um dólar de prata normal, aquela moeda era prateada de verdade, sólida por inteiro. No topo estava estampado, em negrito, o número dez.

— Só isso? Ele só vale dez? — Marius perguntou.

Seu coração se afundou no peito. Tanto tempo e energia, e tudo o que ele conseguiu foram dez míseros místicos. Ele baixou o olhar e sentiu vontade de chorar. *Não*, pensou, enquanto engolia o choro. *Isso é o que os bebês fazem. Caçadores não choram.*

— Sinto muito, jovem Marius. Você sabe que eu não faço as regras. São os Altos Místicos que fixam o preço. Acho que a energia de bichos-papões não vale mais o que já valeu.

Os Altos Místicos mantinham a palavra final sobre todas as coisas sobrenaturais, incluindo o quanto algo valia. O valor de uma moeda mística vinha de seus livros.

Ele olhou para a moeda em sua mão, se sentindo vazio. Marius retirou o livro da balança e abriu na página em que havia prendido o bicho-papão. A energia dele não estava mais lá, é claro. Os pratos a sugavam dali. Em seu lugar, havia um retrato horrível dele feito à tinta.

Havia uma curta biografia embaixo, junto com seu nome de verdade. Pelo visto, ele se chamava Allastain. Nem todos tinham nomes próprios. Marius pensou que, se o bicho-papão era velho o suficiente para ter um nome, ele deveria valer mais do que apenas dez moedas místicas.

Cada página era assim, um relato contínuo de cada monstro que o caçador já havia capturado. Seus retratos e informações para sempre catalogados para o bem da posteridade. Ele encarou o retrato de Allastain, desejando que ele pudesse lhe dizer por que valia tão pouco.

Papa Harold estendeu o braço sobre a mesa e deu tapinhas na mão de Marius. As pulseiras de contas de madeira em seu pulso estalaram com o movimento. Sua mão estava quente e trouxe conforto a Marius.

Cuidado. Ele não é tão legal quanto você pensa.

Marius ignorou a voz e colocou a moeda em um dos bolsos da frente. Devolveu o livro ao vazio do sobretudo.

— Você não precisa fazer isso, garoto — Papa Harold disse. — Você é um garoto-coveiro. É uma profissão nobre. Os Altos Místicos protegem o seu povo. Você não recebe honorário deles? Não tomam conta da sua alimentação e tal?

— Sim, mas não é o suficiente — ele respondeu, segurando as lágrimas de novo.

— O suficiente para quê? Um dia desses você tem que me dizer para que você está juntando dinheiro.

Marius não deu mais detalhes. Ele nem sequer abriu a boca. Papa Harold tinha razão sobre ele receber uma pensão dos Altos Místicos, mas era dinheiro comum. Dinheiro humano. O suficiente para comprar comida e roupas. Não era do que ele precisava. Ele precisava de moedas místicas, e só era possível consegui-las caçando monstros.

Mas não adiantaria nada tentar se explicar. Que bem faria?

— Bom, suas razões são só suas — Papa Harold disse, depois de um punhado de momentos passados em silêncio. — E a sereia que eu pedi para você capturar seis meses atrás? Você nunca voltou com ela. Aposto que ela valeria, no mínimo, cinquenta, se não mais. Ouvi boatos sobre ela nas águas perto de Algiers Point. Meus espiões estão sempre vigilantes.

— Nunca a encontrei — ele disse, indiferente.

Papa Harold observou o garoto caçador por alguns minutos. Marius baixou o olhar, tentando não mergulhar na própria tristeza. Apenas dez. Aquele terrível bicho-papão valia apenas dez.

— Ouça — Papa Harold disse, batendo o dedo comprido na mesa. — Por que você não come uma tigela de gumbo? Madame Boudreaux fez até demais, como sempre. Há uma tigela de plástico que você pode levar.

Marius se alegrou, ajeitando a postura. O guisado de Madame Boudreaux era lendário, mas ela raramente o compartilhava com ele. Não desde o acidente da galinha.

— Sério? Obrigado!

— Sem problemas. Vá antes que ela veja. Ela está de mau humor hoje. Apenas traga a tigela da próxima vez que você vier.

Marius agradeceu ao Papa Harold outra vez e saiu correndo da sala dos fundos. A tigela de gumbo ficou vazia antes mesmo que ele saísse de Houma.

5

MARIUS FICOU DIANTE DA placa arqueada de metal do seu cemitério. Era dele porque pertencia à sua família. Gerações de seus antepassados viveram ali como zeladores vigilantes. O pequeno cemitério ficava perto da cidade de Lafitte, bem ao lado do riacho Rigolettes. Quando seu pai desapareceu e sua mãe morreu, o dever de cuidar dos fantasmas recaiu sobre Marius.

Todo cemitério tem pessoas que cuidam dele. A maioria é quase invisível para uma pessoa comum. Há humanos que recebem para cortar a grama e limpar as lápides. Eles são importantes, mas é preciso de um tipo especial de pessoa para tomar conta dos fantasmas.

Ele tinha nascido em uma família de coveiros. Foi daí que recebeu seu nome. *Grey* era o sobrenome dado aos meninos e *Stone* era o das meninas.

Não há vocação maior, Marius, meu querido. Nós, os coveiros, vivemos tanto do lado de lá quanto do lado de cá. Conseguimos aproveitar a melhor parte dos dois mundos. É uma honra.

— Sim, você adora dizer isso — Marius comentou. — E mais uma vez, só tem setenta e cinco por cento de razão.

Noventa por cento de razão.

— Oitenta por cento, mãe.

Vou aceitar oitenta e cinco, mas só porque não tenho uma mão física para te bater.

— Tudo bem. Combinado.

Não havia mais necessidade de sussurrar ou de esconder o fato de que ele a escutava. Estava sozinho de qualquer modo. Ninguém ali para ouvir e perguntar se ele estava louco. Ninguém perguntaria com quem ele estava falando, e os fantasmas não se importavam.

A placa de boas-vindas do seu cemitério estava velha e um pouco enferrujada. As palavras diziam *Cemitério Stone Grey*. Era um grande arco de metal sobre um caminho de terra no qual mal cabia um carro. Não que isso importasse. Quase ninguém mais era sepultado no Cemitério Stone Grey. Todos se mudavam para cemitérios maiores e mais próximo das cidades e longe da água.

Ele parou pouco antes da placa. Lá estavam as mesmas fileiras de sepulturas de sempre. Tumbas e mausoléus com colunas de blocos retangulares.

Os cajuns não enterravam seus mortos tão perto assim da água. Uma chuva mais forte levantaria os corpos e os carregaria com alegria rio abaixo. Tudo ficava acima do solo em caixões de pedra.

A maioria dos fantasmas não podia sair de um cemitério. Se morressem e fossem devidamente enterrados, havia poucos motivos para sair. Seus espíritos descansavam em um adorável retiro além-túmulo até se mudarem para o próximo lugar.

Havia outros desfechos fatais. Túmulos profanados ou mortes violentas. Assombrações malévolas só surgem quando os restos mortais não são bem cuidados. Por isso os coveiros são tão importantes. Fantasmas aposentados precisam de atenção.

Estava escuro, era quase meia-noite, mas ele não precisava de uma lanterna. Marius era um garoto-coveiro, o que significava que uma luz indistinta aparecia para guiá-lo quando ele se aproximava de qualquer sepultura. Agora, a trilha que o guiava ao próprio cemitério brilhava verde, dando às boas-vindas a Marius. O problema era que ele não queria ir. Algo em seu estômago o mantinha parado no lugar.

O que foi? Por que você não quer ir para casa? Dormir na sua própria cama. Você deve estar bem cansado depois de tudo isso.

— Não sei por quê. Acho que é porque você está lá.

Marius, você sabe que eu não estou lá de verdade, assim como não estou totalmente aqui.

— Mais uma razão para ficar longe.

Meu lindo garoto, você sabe que estou sempre aqui para conversar.

— Agora não, mãe. Por favor, pare de falar.

Ora, por quê?

— Porque… estou sentindo muita saudade de você para conversar agora.

Marius respirou fundo e suspirou com força. Sua mãe não respondeu. A voz em sua cabeça se calou como ele pediu. Por algum motivo, isso o deixou mais triste. Havia um lugar frio e perpétuo em torno de suas costas. Bem onde os braços de uma mãe se encaixariam em um abraço. Ele nunca se aquecia como o resto do corpo.

A mãe de Marius tinha morrido quase dois anos atrás, deixando-o para cuidar de si mesmo aos dez anos de idade. Seu pai havia desaparecido um ano antes disso. Tudo o que ele tinha deles eram três coisas. Seu livro de monstros, o colar de caveira de corvo da mãe e o sobretudo encantado do pai.

O sobretudo era um dos seus bens mais valiosos, embora ficasse grande nele. A parte de baixo dele quase chegava aos tornozelos. Ele tinha que enrolar as mangas para que não cobrissem suas mãos. Podia parecer um pouco idiota, mas ele não se importava.

Havia seis bolsos abotoados em cada metade da frente do casaco, totalizando a quantidade exorbitante de doze bolsos externos. Além disso, havia dois bolsos internos enfeitiçados para armazenar muito mais do que era possível. Se você fosse um caçador de monstros, não poderia pedir por uma peça de roupa melhor.

Sua cama o chamava, mas ele se virou. O cemitério fazia fronteira com a margem do riacho. Ele decidiu caminhar até o pequeno cais que se situava a uns trinta metros da entrada do cemitério. O cais era antigo, mas bem-feito. Só rangeu um pouco sob os seus pés.

Havia uma corda de metal para peixes amarrada ao pilar de apoio mais alto. Quando ele a levantou, viu a truta que havia pescado ainda presa e viva. O peixe tentou acertar Marius com a cauda, mas ele conseguiu removê-lo da linha e jogá-lo no barco a remo que estava amarrado ao cais.

O barco era pequeno, equipado com remos para impulsioná-lo na água. Ele balançou sob o seu peso quando o garoto pulou dentro dele. Anos atrás, Marius tinha feito grandes planos para comprar um motor de popa para o barco, mas desistiu desse sonho. Esse tipo de coisa era reservado para crianças que tinham pais. Agora ele tinha que lidar com muitas outras coisas.

O garoto o empurrou e usou um dos remos para mover o barco até o meio do riacho. Os insetos cantavam suas canções noturnas e as criaturas se moviam dentro da vegetação ao redor. Ao longe, Marius ouviu alguns peixes romperem a superfície da água com respingos abafados. Quando o barco estava quase onde deveria estar, ele baixou a âncora.

O garoto caçador mantinha uma faca de filé pequena no bolso externo mais baixo de seu sobretudo. O jasmim seco estava a dois bolsos acima daquele. Ele salpicou um pouco de jasmim, formando um grande círculo na água. Com o peixe em uma das mãos, ele enfiou a faca no animal, matando-o no mesmo instante. Marius cortou e rasgou até ser possível arrancar as tripas com um longo puxão. Ele jogou as entranhas bem no meio do círculo flutuante de jasmim.

Agora era hora de esperar.

Marius fechou os olhos e inspirou o cheiro do riacho. Água salobra, árvores ciprestes, musgo e peixe. A mansa corrente da vida nunca tinha se movido tão depressa. Mas ele não precisou ficar sentado ali por muito tempo, aproveitando a noite. Ela veio em poucos minutos, o que significava que devia estar esperando por ele.

Houve o som de algo rompendo com gentileza a superfície da água. O suave deslocamento da água. Quando ele olhou para o lado do barco, ali estava Rhiannon. Ela estava com a boca cheia de entranhas de trutas e tinha jasmim seco preso no cabelo branco.

— Está tarde — a sereia disse entre mordidas.

— Eu sei. Foi uma noite longa — ele disse.

— Estava ficando preocupada — ela comentou.

— Por quê? Não é como se a sua espécie dormisse muito.

— Ainda assim…

Ela engoliu a comida, nadou para mais perto e colocou as duas mãos na borda do barco. Seus olhos se destacavam com a cintilante luz do luar. Seus cabelos pendiam como mechas finas de musgo prateado ao redor do rosto. Ela cravou as unhas afiadas na madeira do barco para se firmar.

— Era um bicho-papão — Marius disse com um longo suspiro. — Aquilo que eu estava perseguindo. Eu o prendi antes que ele pegasse uma garotinha.

— Esse é o meu caçador de monstros — ela vibrou. Quando Rhiannon notou seu rosto amuado, perguntou: — Por que tão triste? Isso é uma coisa boa, não é?

— Sim, muito boa. Mas ele só valia dez.

— Não é muito — ela disse.

— Nunca vou conseguir o que quero nesse ritmo, Rhia.

Rhiannon abriu a boca como se fosse dizer algo, mas a fechou quando viu a truta inteira aos pés dele. Marius percebeu a mudança de foco. Notar a dilatação de suas pupilas era como ver um gato perseguir um pássaro. Se havia algo que Rhiannon amava mais do que tudo, era comida.

— Você vai comer isso? — ela perguntou.

— Não. Trouxe para você — ele respondeu, entregando o resto do peixe.

Sereias de verdade não eram como as dos filmes da Disney. Elas não nadavam por aí cantando com peixes e salvando pessoas que se afogavam. Na maioria das vezes, sereias eram o motivo pelo qual navios afundavam e homens eram devorados.

Sereias cantavam lindas canções, seduzindo homens para a morte. Elas eram criaturas lindas, metade mulher, metade peixe, e terrivelmente perigosas. Na verdade, sereias eram sempre mulheres, se reproduzindo apenas quando decidiam botar ovos no corpo meio comido de uma de suas vítimas. Seus descendentes emergiam comendo o cadáver do corpo em que tinham nascido.

Rhiannon havia ficado presa em uma rede de pesca quando criança. Quando o pescador quis vendê-la para o aquário de Nova Orleans, ela comeu seu rosto e fugiu para o rio Mississippi. Pelo que sabia, ela era a única sereia no rio. A maior parte de sua espécie vivia no oceano.

Balançando na superfície do riacho, Rhiannon parecia uma garota de treze anos nadando cachorrinho. Não havia como saber quantos anos ela tinha *de verdade*, porque seu povo envelhecia de forma diferente dos humanos. Para qualquer espectador, ela tinha o rosto doce de uma garota bonita. Seus olhos eram de um verde-água brilhante, sua pele, da cor de leite, e ela tinha mãos delicadas, se você ignorasse as garras afiadas em cada dedo.

Se você pudesse olhar por baixo da água, veria pequenas escamas iridescentes revestindo a pele ao redor dos cotovelos, axilas e clavícula. As escamas ficavam maiores ao redor do peito, fazendo-a parecer menos garota e mais peixe. Havia uma nadadeira dorsal pontiaguda na parte inferior das costas e uma cauda verde azulada no lugar de pés humanos.

Ela era maravilhosa até comer. Ver uma sereia comer era uma imagem muito traumatizante. Sua primeira boca consistia em um par de lábios femininos, bonitos e rosados, mas a segunda boca era um show de horrores. Rhiannon pegou a truta pela cauda e abriu a primeira boca toda. O lábio inferior se abaixou, revelando outra boca que se abria até a altura do peito. Um covil de dentes afiados como agulhas revestia a parte superior e inferior. Uma língua semelhante a uma serpente saiu, se enrolou no peixe e o puxou para a jaula de dentes.

Marius tentou não se encolher. Ela sempre ficava envergonhada quando ele parecia enojado enquanto ela comia. Rhiannon fechou a boca, mastigando com alegria. Ela voltou a se parecer com uma garota outra vez, com as bochechas cheias, como se ela tivesse comido vários profiteroles.

— Papa Harold perguntou sobre você de novo — ele disse.

Rhiannon parou de mastigar e engoliu em seco. Ela olhou para ele por cima do barco, parecendo um pouquinho envergonhada.

— Você tem passeado perto de Algiers Point? — ele perguntou.

— Não — ela respondeu. — Por que pergunta?

— Porque houve algumas aparições perto de Algiers Point. Fala sério, Rhia. A gente já conversou sobre isso. Você sabe que é um lugar importante para grande parte da comunidade mágica. Houve boatos. Papa Harold tem espiões por todos os lados — ele disse.

— Eu não estava atraindo bêbados para a morte de novo, se é isso que você está insinuando — Rhiannon respondeu, cruzando os braços. Ela estava fazendo o possível para parecer indignada. — Estou numa dieta restrita de peixes e jacaré. Às vezes um javali, se eu conseguir que um se aproxime o suficiente da água.

— Então o que você estava fazendo? — ele perguntou.

— Ouvindo a música — ela respondeu, jogando a parte de cima do corpo no barco de forma dramática. — É tão chato aqui no riacho. Quero dizer, era mais divertido quando eu podia atrair pescadores para a morte, mas não. Você disse "chega de mortes".

— Rhia, você não pode simplesmente...

— Sério, eu só estava ouvindo jazz. Estou dizendo a verdade, Marius. Você pode escutar vindo do bairro. É tão bonita.

— Só ouvindo? — Marius perguntou, cético.

— Bem...

— Eu não sou o único caçador por aí. Alguém pode vir atrás de você. Desembucha, Rhia.

— Eu posso ter cantado junto também — ela disse, se retraindo.

— Rhia!

— Eu sei. Eu sei. Eu não queria, mas algumas pessoas ouviram a minha canção. Quando dei por mim, havia um grupo reunido na margem, tentando tirar uma foto minha.

— Eles conseguiram? — ele perguntou, tentando não entrar em pânico.

— Não mesmo. Estava escuro, e eu mergulhei antes que eles pudessem ver alguma coisa.

Marius se inclinou e afundou o rosto nas mãos. Ele fechou os olhos e tentou não gritar. Era coisa demais. Noites longas demais, trabalho demais e pouco dinheiro pelo seu esforço. Tempo demais sozinho num mundo perigoso. Agora, ele era responsável por uma sereia também. Ele mal conseguia se manter alimentado e vivo.

Uma mãozinha molhada envolveu a dele. Por ser quase um peixe, era de se esperar que a mão dela estivesse gelada, mas nunca estava. Ela estava sempre quente. A temperatura que um humano teria se estivesse com febre.

— Me desculpa, Marius — disse ela em uma vozinha.

Ela parecia mesmo arrependida, tanto quanto uma sereia era capaz de parecer arrependida. Elas costumavam ser um bando sem remorso, mas Rhiannon tinha vivido mais tempo entre humanos do que com sua própria espécie a essa altura. Talvez eles estivessem mudando isso a respeito dela.

— Está tudo bem, Rhia — ele disse.

— Então... você não vai me levar para o Papa Harold? — ela perguntou.

— É claro que não! Nunca faria isso. Somos... amigos — ele disse.

Rhiannon piscou várias vezes, parecendo surpresa. Ela apertou a mão dele nas suas. Ele quase gritou de dor. Até mesmo ele se esquecia de como ela era forte às vezes.

— Sério, Marius? Somos amigos? — ela perguntou.

— Sempre pensei que fôssemos — ele respondeu. Por alguma razão, dizer isso fez com que suas bochechas corassem bastante.

Já fazia seis meses que eles se conheciam. Não importava a recompensa por sua cabeça, Marius simplesmente não conseguia entregá-la. Ela era uma órfã, sozinha como ele. Uma alma solitária. Ele poderia tê-la capturado e conseguido o dinheiro em troca de sua alma monstruosa. Em vez disso, ele a escondeu e disse para Papa Harold que as histórias sobre a sereia do Mississippi eram falsas.

Um enorme sorriso surgiu no rosto dela. Felizmente, foi na boca humana e não na outra. Teria sido demais lidar com isso depois do dia que ele teve.

— Sim! Sim, somos amigos.

— Ótimo — ele disse, sorrindo. — Chega de falar sobre levar você para o Papa Harold, e chega de cantar perto de outros humanos. Não posso te proteger se você fizer isso.

Rhiannon assentiu, ainda sorrindo.

— Eu juro. Juro juradinho — ela disse. Olhou dele para o cais ao lado do cemitério. — Quer que eu te empurre de volta para casa?

— Não. Não quero ir para casa hoje — ele disse. O longo dia e a hora tardia o fizeram bocejar. — Acho que vou dormir aqui mesmo.

— Ela... ela ainda fala com você? — Rhiannon perguntou.

— Sim. Fala. De alguma maneira, é mais alto quando estou em casa — ele respondeu.

— Se aconchegue no chão do barco, está bem? Vou cantar para você.

Ele tirou o sobretudo para usar como um cobertor e transformou uma rede de pesca em travesseiro. Se ajeitou no chão do barco, confortável em sua cama improvisada. O barco balançou de leve quando Rhiannon o soltou. Marius a ouviu nadar por baixo. A canção que ela cantava vinha através da madeira do barco e o embalou até descansar e se esquecer do dia.

A canção de uma sereia deveria ser sedutora, mas esse não era seu único propósito. Rhiannon lhe ensinou que ela podia curar, acalmar e contar uma história. Marius ficou deitado ali, ao ar livre de uma noite em Luisiana, com uma amiga sereia cantando uma linda canção. Ele adormeceu em poucos minutos.

6

MARIUS ACORDOU COM O sol já brilhando. Flutuar no barco, ao ar livre, não fornecia sombra para uma pessoa adormecida. Para dizer a verdade, ele deveria ter acordado há horas. O dia brilhante e sulista deveria tê-lo forçado a acordar logo após o amanhecer. A julgar pela bola amarela bem alta, eram pelo menos dez horas da manhã. Ele se sobressaltou e o barco balançou embaixo dele.

— Rhia? — ele perguntou, procurando na água ao seu redor. — Rhia, você ainda está aí?

Nada além do zumbido dos insetos o recebeu. Uma grande libélula flutuou por perto e pousou com delicadeza na borda do barco. Essa era a prova definitiva de que Rhia tinha ido embora. Ela adorava comer libélulas. Eram o seu lanche favorito. Ela as comia da mesma forma que um humano comia pipoca. O inseto brilhante já estaria morto se Rhia estivesse perto do barco.

Então uma lembrança o fez se sobressaltar. Se eram quase dez, isso significava que estava atrasado para a escola. Marius grunhiu e deu um tapinha no próprio rosto.

— Madame Millet vai me matar!

A casa de Madame Millet continuava como sempre, alta e robusta. Era uma das maiores casas em Algiers Point, ostentando dois andares, cinco quartos e sabe-se lá quantos banheiros. Não importava quão grande fosse, parecia estar sempre cheia de gente. Uma coisa que Marius nunca conseguia superar era sua cor amarela horrível.

Verdade seja dita, é a cor de vômito de gato. Bom, de um gato que comeu dezenas de marshmallows amarelos, pensando que fossem canários, e então vomitou sobre toda a parte externa da casa. Nunca saberei o que Madge tinha na cabeça.

Marius bufou, tentando esconder uma risada. Ele se sentia da mesma forma, mas nunca diria isso a Madame Millet. Isso só traria um mundo de dor para ele.

Ela não é da família nem nada, Marius. Se você está procurando uma substituta para mim...

— Não estou, mãe. Eu só... gosto dela. Ela não me trata só como um pobre órfão, entende?

Tudo bem. É justo. Mas tome cuidado com aqueles gatos. Eles vão rasgar você com as garras.

E por falar em gatos, uma horda feroz descansava no grande alpendre da casa. Todos tinham mais dedos do que o necessário. Gatos polidáctilos. Alguns tinham seis ou setes dedos em cada pata. Marius sabia disso porque tinha contado enquanto mantinha uma distância segura. A horda era intolerante com pessoas ameaçadoras. Por sorte, eles toleravam sua presença, mas até certo ponto.

Ele subiu os degraus que rangiam e tocou a campainha. A porta se abriu e Marius se viu cara a cara com Mildred Millet, a filha mais velha de Madame Millet.

Mildred era só um pouco mais nova do que ele. Marius tinha doze anos, e ela teria onze pelos próximos três meses. Um fato do qual o caçador a lembrava com frequência, já que ela o odiava. A idade era importante para eles, e ter meses a mais do que um adversário era vantajoso. Ela fez uma careta para ele com as mãos apoiadas no lugar onde os quadris um dia surgiriam.

— O que você quer, Mary? — Mildred perguntou, ríspida.

— Você sabe que esse não é o meu nome — ele disse.

— Tanto faz, *Mary*. Para mim, esse é o seu nome. Posso te chamar do que eu quiser. *Grey* é um nome tãããããão chato. Você sabe disso, né?

Ela é uma peste. Sempre foi. O bebê mais irritante que eu já conheci.

— E você está sendo tãããããão irritante — ele retrucou com a mesma voz.

— Eu deveria te dar um soco agora mesmo.

— Sai da frente, Mildred. Não vou pedir outra vez — ele ameaçou.

Estava começando a perder a paciência. Os músculos ao redor do pescoço e dos ombros se enrijeceram. Marius estava exausto e pronto para atacar. Qualquer coisa para relaxar um pouco. Mas não. Ele sabia que tinha que se controlar.

A mãe da garota não permitia que ela intimidasse os irmãos gêmeos. Eles eram muito novos para tais coisas. Então ela tinha que descontar a valentia em algum lugar. Marius só queria que não fosse nele no momento.

— Acho que vou te dar um soco na boca. Aí você vai ter algo de interessante nesse seu rosto. Eu poderia te chamar de Mary Carmesim quando seus lábios ficassem inchados.

— Me deixe em paz, Mildred — ele disse, cerrando os dentes.

Marius contou até vinte. Era a filha de Madame Millet, afinal de contas. Acertá-la lhe custaria mais do que o atraso.

Todos os Millet, inclusive Mildred, tinham uma pele escura. Seu rosto impecável de cor ocre contrastava de maneira gritante com o dele. Coveiros como

Marius costumavam ter uma cor neutra de origem ambígua. Qualquer pessoa que passasse por eles teria dificuldade de identificar sua ancestralidade, isso se conseguissem encontrá-los. Eles ficavam exatamente no meio do círculo cromático sem saturação. Era melhor para se misturar com a paisagem. Ele podia desaparecer tanto em uma multidão como em uma fileira de túmulos.

No entanto, se você o colocasse próximo de Mildred, ele pareceria uma cópia desbotada da cópia de um menino. A única característica surpreendente de Marius eram seus olhos azuis que havia herdado de seu pai, que tinha vindo do mundo normal.

Marius sempre tinha manchas de uma coisa ou outra nas bochechas. Suas roupas estavam constantemente sujas. Seu cabelo preto nunca deixava de estar despenteado no topo da cabeça. O cabelo escuro de Mildred estava sempre arrumado em tranças com fitas e miçangas. O rosto estava sempre limpo. Ela nunca usava nada que pudesse ser considerado esfarrapado ou amarrotado. Essa era a diferença entre ter uma mãe e não ter.

Marius estava prestes a disparar um comentário sarcástico contra Mildred quando ele a viu observando seu amuleto de corvo. Era o crânio real de um jovem corvo, revestido de prata pura com uma pedra da lua incrustada no topo. Um talismã poderoso. Marius nunca o tirava. Mildred cobiçava o crânio, e ele sabia disso.

— Pode ficar tranquila — Marius disse, ignorando seus insultos iniciais. — Quem sabe quando você crescer, possa ter joias de verdade também? Porque… sabe como é… você só tem onze anos. Precisa de um pouco mais de maturidade.

As narinas de Mildred se alargaram e ela abriu a boca para contra-atacar. Ela estava se preparando para outra rodada de insultos, quando ele a interrompeu:

— Estou aqui para a aula. Você sabe disso — Marius disse.

— Faz uma hora que a aula começou. Mamãe está quase terminando a matéria.

— Bom, sua mamãe deve estar brava, porque você está perdendo a lição agora mesmo — ele retrucou.

Mildred fez uma careta e cerrou os punhos. Marius a encarou. O impasse poderia ter durado mais se Madame Millet não os tivesse interrompido. Sua voz ecoou de dentro da casa.

— É o Marius? Pelo amor de Deus, Mildred, deixe-o entrar. Juro que vocês dois…

Mildred não abriu a boca. Apenas deu um passo para o lado, dando a Marius o espaço de que ele precisava para entrar na casa.

Eles passaram pelo corredor principal e em direção à sala da frente sem nem levantar os olhos.

A garota presunçosa correu na frente de Marius, fazendo questão de entrar na sala de aula antes dele. Ele a deixou entrar. Afinal, não era importante para ele. Deixe que ela tenha essa vitória estúpida. Ele se sentia cansado até os ossos.

Marius se sentou no lugar de sempre no fundo da sala, perto da porta. Mildred ocupou a segunda fileira da frente. Ela fez um grande espetáculo ao se sentar ereta com papel e caneta a postos. Mensagem recebida. Mildred Millet era boazinha na sala de aula. Madame Millet, por outro lado, não estava impressionada.

— Pare de tentar se exibir, Mildred — ela disse com uma leve carranca. — Sua última prova de matemática não foi motivo de orgulho.

O caçador de monstros não quis rir, mas riu. Saiu como um ronco. Uma onda de risadas entre as outras crianças se propagou para longe dele.

— E você, jovem sr. Grey, não tem nada do que rir — Madame Millet disse, voltando sua atenção para ele. — Você se atrasou hoje e saiu mais cedo ontem. Esse não é um comportamento adequado para um jovem de respeito. Você pode se explicar?

Marius se encolheu no assento. É claro que ele não podia contar a verdade. Ele tinha saído mais cedo no dia anterior para ficar de tocaia no armário de uma garotinha. Agora, ele estava exausto por ter dormido muito tarde. Madame Millet teria um ataque se soubesse que ele estava caçando monstros.

— Tarefas — ele disse, por fim.

— Tarefas?

— Sim, madame. Tarefas no cemitério. Peço desculpas.

Ela o observou por um tempo. Era impossível dizer o que se passava por trás daqueles olhos dela. Era descrença ou pena? Marius esperava que fosse descrença. Pena era muito pior.

— Muito bem, então. Vamos continuar com a aula. Espero que prestem atenção.

Nesse mundo, existem pessoas normais, pessoas mágicas e pessoas fronteiriças. Pessoas normais são fáceis de entender. Elas são, bem, normais. O observador comum que não tem conhecimento nenhum de magia. Isso descreve a maior parte da raça humana.

Pessoas totalmente mágicas são raras e muitas vezes são bastante poderosas. Bruxas, feiticeiros, magos e eremitas. Pessoas que conseguem fazer magia sem ervas ou livros de feitiços, se quiserem. Elas preferem ser reservadas. Se você se deparasse com uma, seria porque tomou algumas péssimas decisões na vida.

Pessoas fronteiriças são aquelas que estão no meio. Elas vivem, e às vezes trabalham, no mundo normal, mas frequentam lugares mágicos. A maioria pratica magia e trabalha em empregos mágicos. Elas andam na corda bamba entre o mundo comum e o paranormal.

A escola para crianças normais é fácil. Há milhares de escolas com milhões de livros para ensinar sobre o mundo. É claro que elas nunca aprendem toda a história do mundo, porque não entendem nada de magia. Crianças mágicas aprendem em casa e são instruídas a ficar longe de todas as outras pessoas.

Isso faz com que as crianças fronteiriças tenham que desbravar um caminho menos percorrido. Magia e tecnologia não se misturam bem, então a escola regular está fora de cogitação. Bruxas e feiticeiros são famosos por banir crianças fronteiriças de suas casas, então é inviável. Felizmente, pessoas como Madame Millet criam escolas híbridas para as crianças que vivem entre os dois mundos.

Marius afundou em sua cadeira e examinou a sala. O gosto peculiar que Madame Millet tinha para cores continuava na parte de dentro.

A sala de aula se assemelhava mais a uma sala de jantar mal pintada do que a uma escola. Na verdade, parte dela era a sala de jantar de Madame Millet. Anos atrás, ela tinha removido as paredes entre a sala de estar e de jantar para poder transformar o espaço em uma escola.

O teto da sala de aula tinha sido pintado em um tom suave de azul. Havia um estranho degradê de cores na parede. Ia de um verde-água escuro perto do chão até se desbotar em um azul mais claro no topo.

Embora fosse espaçosa, a sala sempre fazia Marius se sentir claustrofóbico, como se estivesse no fundo de um lago. Se o dia fosse especialmente longo, se sentia como se estivesse se afogando.

— Como eu estava dizendo — Madame Millet, abrindo o livro didático no palco na frente da sala de aula —, hoje vamos aprender sobre feitiços de emergência para fazer em casa. É sempre bom saber qual é o momento adequado para lançar cada feitiço. Lembrem-se do que sempre dizemos.

— Só chame uma ambulância se a magia não puder resolver — recitou a turma em uníssono.

— Isso mesmo. Agora, acabamos de rever algumas noções básicas de primeiros socorros mágicos. Sinto muito, Marius, não vou repassar outra vez. Você vai ter que pegar as anotações de alguém.

Marius assentiu. Ele se virou para o garoto à sua direita. Era Antoine.

Ele até que gostava de Antonie. Marius não o achava tão chato quanto alguns dos outros. Embora ele não tivesse certeza se o considerava um amigo de verdade fora da sala. Eles mal se viam e só conversavam quando tinham alguma coisa boa para negociar.

Antoine tinha catorze anos e era pequeno para sua idade. Até Marius, magricelo que era, parecia mais velho. Mas ele era legal o bastante. Quase nunca dizia coisas ruins sobre as pessoas.

Quando Marius olhou para ele, Antoine fez que sim com a cabeça.

— Você conseguiu? — Marius perguntou.

Antoine se enrijeceu e desviou o olhar.

— Sim, consegui. Não foi fácil, e vou ter sérios problemas se...

— Não se preocupe. Ninguém vai chegar até você — Marius afirmou.

— *Ssssshhhhh*!

O som veio da parte da frente da sala. De início, Marius achou que a voz era de Mildred. Quando os garotos ergueram o rosto, viram o olhar irritado de Shirley Moore. Antoine fez um gesto rude com a mão para ela, e ela se virou.

Shirley e seus irmãos sempre ocupavam os três lugares da frente na sala. Shirley, Ramona e Ethan Moore eram filhos de dois professores. Seus pais davam aula na mesma universidade e competiam com frequência um com o outro por tudo. Financiamentos, classificações, aprovações.

Pelo visto, a rivalidade havia passado para os filhos. Os trigêmeos eram obcecados em obter notas melhores que os outros.

Atrás de Shirley, e na frente de Marius, estavam Lynna Trudeau e Molly Fakier. Albert Thibodeaux e seu irmão Trevor sempre se sentavam à frente de Antoine. Havia um grupo de crianças novas à direita de Marius cujos nomes ele nunca se deu ao trabalho de aprender.

— Vou continuar se todo mundo já tiver terminado — Madame Millet disse, parecendo brava.

Madame Millet era uma mulher simpática até certo ponto, mas seria um erro irritá-la. Ela era uma das sacerdotisas fronteiriças mais poderosas em Nova Orleans.

— Ótimo. Ao encontrar alguém possuído, lembrem-se, é melhor agir primeiro e pensar depois. É um feitiço simples com um método fácil. Agora, alguém pode citar algumas das criaturas que podem possuir um ser humano?

— Fantasmas! — Shirley disse, levantando a mão depois de falar.

— Sim, muito bem. Alguém mais?

— Fadas! — Ethan gritou.

— Em alguns casos — Madame Millet relembrou.

— Wendigos! — Ramona acrescentou.

— Bem, não. Na verdade, não. Eles são pessoas que se tornaram monstros. Não estão possuídos. Mas boa tentativa.

Ramona se encolheu no assento. Seus irmãos sorriram de forma provocadora para ela.

Um silêncio caiu sobre a sala, enquanto Madame Millet examinava seus rostos. Ela parou em Marius.

— E você, sr. Grey? Que outras criaturas podem possuir uma pessoa?

— Demônios.

Marius respondeu tão rápido e com tanta clareza que até Madame Millet ficou sem palavras por um minuto. Ele não costumava responder na sala de aula. Marius tentava fazer o mínimo de esforço possível. Ele se contorceria e bocejaria, fingindo não ter escutado a pergunta. Era o que todo professor esperava.

Então, quando a palavra *demônio* saiu de sua boca com facilidade, a sala inteira ficou em silêncio. Todos sabiam da sua história. Eles sabiam o que tinha acontecido com a sua mãe.

— Está... correto. Bom trabalho, sr. Grey — Madame Millet disse com um sorriso. — Agora, se achar que alguém que você conheça está possuído, há um feitiço que vai livrá-lo desse encosto indesejado com facilidade. Você precisa de sal, pó de tijolo, água benta, óleo e um rosário.

Isso fez Marius se lembrar de que estava com pouca água benta. Havia rumores sobre alguns engomadinhos de visita no Bairro Francês. Eles com certeza iriam até a Catedral de São Luís, o que distrairia muito o clero. Isso significava que ele tinha um intervalo sólido para coletar água benta.

A voz de Madame Millet se transformou em um zumbido baixo no fundo de sua mente. Tanto planejamento. Tantas mentiras. Era difícil não se confundir.

O pisotear de um salto na madeira o trouxe de volta à realidade da sala de aula. Quando ergueu os olhos, Madame Millet o observava. Ela abriu um pequeno livro de feitiços com um movimento agitado do pulso.

— O encantamento é muito fácil de lembrar — Madame Millet disse, continuando a aula. — Coisa malquista, viajante ilegal. Traz com você todo tipo de mal. Deixe esse corpo e vá sem demora. Liberte essa alma e o faça agora.

Marius o anotou sem muito entusiasmo no caderno, certo de que nunca precisaria usá-lo. Ele costumava gostar de feitiços, mas estava tão cansado. Tudo o que conseguia pensar era em como obter mais moedas místicas. E, infelizmente, não havia feitiços para isso.

7

QUANDO A PRÓXIMA PROFESSORA entrou na sala, com um livro em mãos, Marius grunhiu por dentro. Era a sra. Pine. O que significava que era dia de aula de matemática. Ele odiava a sra. Pine e matemática com a mesma intensidade.

A professora era uma pessoa normal. Por isso era a sra. Pine e não a Madame Pine. *Madame* e *Papa* eram palavras reservadas para os adultos mágicos e fronteiriços.

A sra. Pine era dolorosamente magra e tinha uma aparência frágil. É de se pensar que essas coisas resultavam em uma pessoa gentil, mas não era o caso. Os músculos que ela tinha junto aos ossos eram tensos e inflexíveis. Ela falava alto e, quando andava, parecia um cavalo em marcha.

A professora de matemática atacava quando era provocada. Seu temperamento era explosivo, e Marius parecia sempre o estar testando. Ela o lembrava de um chihuahua irritado.

— Bom dia, turma — a sra. Pine disse. Ela tentou forçar um sorriso, mas saiu mais como uma careta. — Hoje vamos estudar álgebra. Coloquei seus novos livros debaixo das mesas.

Todos grunhiram ao mesmo tempo. Apenas os trigêmeos pareciam empolgados com a próxima matéria, pegando seus livros com entusiasmo. Marius considerou jogar algo na cabeça deles.

— Vamos abrir os livros na página 13 — ela disse, tentando esconder a mudança na voz. — Álgebra pode parecer estranha para vocês agora, mas prometo que vai fazer sentido no fim.

Conforme a sra. Pine começava a aula, sua voz passou a ser aquele zumbido que os professores fazem quando leem algo por muito tempo. Marius a ignorou. Depois de uma longa noite, ele ouviu o sono chamando seu nome.

Marius pensou no bicho-papão e pensou em Rhiannon. Imaginou estar em casa e em seu barco naquele momento. O balançar suave do riacho. O canto doce de Rhiannon embaixo de sua cabeça. Paz. Doce paz.

Um *estampido* o acordou.

Marius saltou na cadeira e se viu cara a cara com a sra. Pine. Ela segurava uma régua na mão. Seus olhos o encaravam com uma concentração afiada. Atrás dela, ele viu Mildred tampando a risadinha com as mãos.

— Sr. Grey! Você é assim tão desrespeitoso comigo que dorme na minha aula? Ou você acha que álgebra não vale seu precioso tempo?

— Sim — ele respondeu, esfregando os olhos.

— Sim para o quê?

— Não sei. Para as duas perguntas — ele respondeu em desafio. — Ninguém precisa de álgebra. Pelo menos, não a gente. Geometria com certeza, mas isso daí não.

O motivo de Marius não gostar dessa mulher era algo que ele não sabia explicar. Talvez fosse o comportamento dela. Talvez fosse o fato de ela sempre implicar com ele por não prestar atenção quando outros alunos faziam a mesma coisa. De qualquer forma, ele a irritava sem motivo algum.

Alguém deu risada, mas ele não soube dizer quem. Marius não pôde deixar de sorrir, e a professora viu. O rosto da sra. Pine corou de raiva. Ela bateu na mesa dele de novo com a régua. Sua respiração saiu forte e irregular.

— Você me respeite, meu jovem! — ela gritou.

— Ou o quê?

Marius não costumava hostilizá-la tanto, mas ele estava cansado e de mau humor. Ele queria ir para casa. Talvez se a irritasse o suficiente, poderia ser mandado para casa.

— Seu…

Antes que a sra. Pine pudesse soltar sua ameaça, Madame Millet interveio. Pelo visto, o tumulto tinha sido alto o suficiente para fazê-la vir correndo.

— Sra. Pine, uma palavrinha, por favor. Na minha sala — Madame Millet disse com severidade.

A professora de matemática parou e se endireitou. Parecia que alguém tinha colocado um bastão na sua coluna. A sra. Pine respirou fundo algumas vezes e olhou para sua chefe.

— Sim, madame.

A sra. Pine colocou a régua sobre a mesa e seguiu Madame Millet para fora da sala. Marius soltou um suspiro de alívio, mas foi precipitado.

— E você, sr. Grey. Espere no corredor.

Marius resmungou e se levantou da carteira. Antoine lhe lançou um olhar solidário, enquanto Mildred ria alto.

— Até logo, Mary. Boa sorte ou algo assim.

Havia uma porta entre ele e o escritório de Madame Millet. Era vermelha com símbolos gravados em ouro. As palavras eram grandes e nítidas em uma caligrafia maluca.

TODOS QUE CHEGAM SÃO BEM-VINDOS. TODOS QUE SE VÃO COM RAIVA SÃO TOLOS.

As pessoas que procuravam as leituras de tarô e previsões psíquicas de Madame Millet deviam achar isso bonito. Um aviso divertido para alertá-los a seguir seus conselhos ou encarar as consequências. O que eles não sabiam era que a frase era um encantamento muito poderoso. Se você cruzasse a porta e estivesse com raiva dela, a porta o amaldiçoaria sem você perceber.

Havia um murmurinho lá dentro. A sra. Pine e Madame Millet discutiam do outro lado da porta. Bom, parecia mais que a sra. Pine estava gritando e Madame Millet tentava acalmá-la.

Marius atravessou o corredor na ponta dos pés e encostou a orelha na porta.

— Não posso fazer isso, Madge. Essa coisa de magia é muito estranha. Com tudo o que eu tenho que lidar e esse garoto insolente do Marius. É demais!

— Preciso que você se acalme. Quando foi a última vez que você comeu alguma coisa?

— Não é relevante. Você sabia que alguém jogou algum tipo de pó no meu café duas semanas atrás e isso me fez espirrar roxo por três dias? Antes disso, teve aquele acidente com o livro brilhante.

— Com o quê?

— O livro que está no bolso dele.

— Bolso de quem?

— Do Marius Grey! Ele está escondendo algo. Você ouviu aqueles comentários sarcásticos?

— Ele tem doze anos, Charlotte. É só um garoto perdido de doze anos que precisa de instrução.

— Ele não é só um garoto. Nenhum deles é.

— Ouça, eu não posso ensinar tudo de que essas crianças precisam. Eu não sou professora. Feitiços e história, tudo bem. Matemática e ciência, eu preciso terceirizar. A Defesa pela Educação Domiciliar indicou muito você. Eu esperava que você se comportasse melhor do que isso — Madame Millet disse com calma.

Houve uma pausa. Uma muito longa.

— Isso não é... o que eu pensei que seria. Meu Deus, Madge, nunca tinha ouvido falar dessas coisas até vir para cá. Só em filmes. Feitiços e criaturas? Pelo amor de Deus, eu sou da Igreja Batista!

— Feitiços e criaturas são coisas com as quais lidamos aqui. Esse é o mundo em que vivemos. Eu pago você muito bem para ensinar matemática e ciências para essas crianças. Ninguém pagaria melhor.

— Eu poderia estar em casa cuidando do meu filho doente, mas em vez disso, estou aqui, e Marius não tem nem respeito o suficiente para ficar acordado!

A voz da sra. Pine estava trêmula, enquanto Madame Millet soava calma. Ela conseguia se manter firme, mas atenciosa ao mesmo tempo. Era como ela era com quase todo mundo, e era bastante eficaz.

— Mas o Marius...

— É uma criança que perdeu os pais — Madame Millet disse.

A conversa morreu por um tempo. Aquelas palavras fizeram o coração de Marius afundar até o estômago. Parecia que ele estava digerindo um pedaço de chumbo.

— Uma criança que perdeu os pais — ele sussurrou para si mesmo.

Era assim que as pessoas o viam? Sua totalidade embrulhada em um pacote e rotulada de tragédia.

Não dê ouvidos a isso. Madge só está dizendo essas coisas para fazer uma mulher horrível pegar leve com você.

— Não foi o que pareceu — ele sussurrou para a voz na sua cabeça.

De repente, uma debandada de pezinhos surgiu na curva do corredor. Marius ergueu o olhar para ver os irmãos gêmeos de Mildred rindo e correndo em sua direção. Os pequenos Mina e Marcel.

Madame Millet gostava muito de nomear seus filhos com a letra *M*. Seu nome era Madge, afinal. Marius não conseguiu lembrar o nome do marido dela de maneira alguma. Um ataque cardíaco o havia levado um ano atrás.

Os gêmeos dançaram ao redor dele, rindo como fadas malucas. Eles ainda não tinham três anos. Corpos magros com bochechas rechonchudas. Suas vozes se propagavam no corredor silencioso.

— Maria, Maria, não tem mais nem tia! Olha que dó, come ovo em pó!

— Silêncio, vocês dois! — ele chiou para os dois.

— Sem um tostão, dormindo no chão!

— Quietos! Sua mãe vai ouvir — ele disse.

Mas já era tarde demais, é claro. Quando ele ergueu os olhos, lá estavam Madame Millet e a sra. Pina os encarando. Ele tinha sido pego.

8

MINA E MARCEL GRITARAM em uníssono e saíram correndo. Eles começaram a cantar outra vez naquele tom frenético de crianças animadas. Era possível ouvir a canção ecoando pela casa.

— Maria, Maria, não tem mais nem tia...

A esguia professora de matemática encarou Marius. Não era o olhar desdenhoso que ela tinha usado antes, mas também não era lá tão gentil. Havia algo mais ali. Talvez pena? Ele teria preferido raiva em vez de pena sem pensar duas vezes.

A sra. Pine passou por ele sem dizer uma palavra. Marius ouviu os seus saltos batendo no chão do corredor de Madame Millet enquanto ela saía da casa. Ele não se virou até ela ter ido embora.

Madame Millet esperou que ele lhe desse atenção com os braços cruzados e o rosto um pouco franzido. Algo dentro dele encolheu ao ver sua decepção.

— Para dentro, sr. Grey. Agora — ela ordenou.

Não houve discussão. Na verdade, a ideia de discutir com ela nem passou pela cabeça dele. Ele seguiu Madame Millet até sua sala. Sentou-se em uma das menores poltronas, enquanto ela fechava a porta.

O escritório de Madame Millet era, na verdade, outra sala de estar convertida. Essas antigas casas restauradas pareciam ser feitas, em sua maioria, de salas. Aquela parecia grande e intimista ao mesmo tempo. Era redonda com uma mesa circular no centro coberta de lenços coloridos. As paredes eram pintadas de um tom agradável de azul com bordas brancas.

Ao longo das paredes havia livros, enfeites e cristais. Alguns frascos de coisas mágicas de vodu falsas. Orelhas de porco em conserva em um jarro azul chique e uma cesta de ovos de pedra. Essas coisas não eram totalmente inúteis no que diz respeito à magia, mas estavam bem perto disso.

É o único cômodo de bom gosto da casa toda.

Marius tentou silenciar a voz sussurrando bem baixinho, enquanto Madame Millet se sentava na cadeira estofada diante dele.

— Sério, Marius? Você precisava mesmo arrumar confusão hoje?

Os ombros dele caíram ainda mais. Uma parte dele queria se encolher até ser pequeno o bastante para se esconder dentro das almofadas.

— Não é culpa minha ela ser tão tensa.

— Tente outra vez — Madame Millet pediu. — Você foi mal-educado com a sua professora.

Marius respirou fundo e amoleceu sob o olhar dela. Era difícil brigar com ela.

— Eu... estou cansado, está bem? Só estou exausto. Não deveria ter feito isso.

— Se precisar, podemos ajudar você. Há várias pessoas que podem ir até o cemitério fazer algumas tarefas e ajudar com os fantasmas.

— Não. Prefiro que não venham.

— Por quê?

Porque ele não quer gente intrometida bisbilhotando suas coisas e encontrando todos os seus objetos de caçador de monstros.

— Porque são as minhas responsabilidades. É para isso que os Altos Místicos me pagam — ele respondeu rápido.

Madame Millet o observou em silêncio. Ele desviou o olhar para a área atrás da cadeira dela. Havia uma cortina de veludo azul que escondia uma porta trancada. Levava até um estoque de coisas mágicas *de verdade*. Coisas boas. Coisas fortes. Ela não permitia que ninguém entrasse lá.

— Tem certeza de que é só isso? — ela perguntou.

— Como assim?

— Eu cresci com a sua mãe, Marius. Eu conheço os sinais. Você chega atrasado na escola e machucado às vezes. Duas semanas atrás, você estava mancando e não sabia explicar o porquê, e hoje, parece que não dorme já faz uma semana. Você não está caçando monstros, está?

Por sorte, ele não teve que fingir surpresa quando respondeu, porque ela o havia surpreendido de verdade. Ele não tinha ideia de que Madame Millet desconfiava de algo.

— Ela começou quando tinha mais ou menos a sua idade, sabia? Me lembro de achá-la tão legal porque saía para caçar monstros. Quando ela veio para a aula em uma cadeira de rodas, mudei de ideia. Mas a boa Kelly não escutou os meus avisos. Ela continuou assim que se curou.

Marius estava com dificuldade para falar. Sua boca ficou aberta por um tempo antes de ele perceber.

— Eu não... estou fazendo isso — ele respondeu, atordoado.

Marius não deu mais detalhes. Era muito perigoso fazer isso.

— Sabe, se você precisa de dinheiro...

— Não preciso — ele disse.

— Tudo bem. Você é dono de si. Vou acreditar na sua palavra. Mas saiba que estou aqui, se precisar.

Madame Millet abriu a porta do escritório e o deixou sair. Uma parte dele queria se virar e contar a ela. Ele queria contar a um adulto o verdadeiro motivo daquilo que estava fazendo. Queria alguém em quem confiar, além da voz em sua cabeça.

Mas não adiantaria tentar se explicar. Além disso, Marius duvidava que Madame Millet aprovasse o que ele estava fazendo se contasse. Às vezes, ela agia como se fosse mãe dele, e ele odiava quando isso acontecia. Ele só tinha uma mãe, e não era ela.

9

MARIUS SUSPIROU, SE SENTINDO solitário. Ele nunca soube por que ir à escola o fazia se sentir assim. Talvez tivesse algo a ver com todas as outras crianças irem para casa com os pais delas. Isso o lembrava do que ele não tinha. Além disso, a conversa entre a sra. Pine e Madame Millet permanecia em sua mente.

Não havia nada a fazer a respeito disso a não ser trabalhar. Já havia adiado o suficiente.

O caminho pelo cemitério era principalmente de terra e cascalho até chegar ao primeiro túmulo. Então passava a ser uma faixa de paralelepípedos, que serpenteava pelas lápides enormes. Cada túmulo era um grande pilar de pedras brancas. Alguns tinham lindos entalhes de cruzes ou flores. Outros eram simples e espartanos. A maioria era mais alta do que Marius, o que permitia enterrar dois membros de uma família, um compartimento em cima do outro. Cada sepultura era identificada com o nome da família.

No estado de Luisiana, sua família coloca seu corpo no compartimento de uma sepultura quando você morre. Em seguida, adicionam tijolos na parede e trocam a lápide para fechar você lá dentro. Em um ano, o sol quente transforma você em cinzas, como uma cremação longa e natural. Quando outro membro da família morre, eles varrem suas cinzas para abrir espaço para o próximo corpo. Dessa maneira, você está sempre com seus ancestrais.

Só ocorrem problemas quando há muitas mortes em um curto período. Muitas vezes, as epidemias são as culpadas. Por isso o cemitério vertical foi construído.

Uma longa parede que possui três compartimentos de altura e vinte compartimentos de largura. Isso abriu espaço para membros extras da família e para aqueles que não podem bancar uma sepultura familiar por conta própria.

Marius percorreu o caminho até o cemitério. Parecia até uma cidadezinha com uma estrada, cada túmulo, um endereço. Coloque umas caixas de correio no caminho e seria uma vizinhança perfeita. Bom, exceto pela falta de pessoas vivas.

Ele prestou atenção em pequenas coisas enquanto caminhava. Algumas ervas daninhas estavam surgindo por entre as rachaduras nos paralelepípedos, e um pássaro havia feito cocô no túmulo da viúva Fermina outra vez. Ter grandes ciprestes e carvalhos proporcionava uma atmosfera agradável e muita sombra, mas também atraía aves intrometidas.

No final da rua ficava o maior local de sepultamento. Era um grande mausoléu com sua própria cerca de ferro forjado. Flores de pedras pontiagudas decoravam o campanário no topo. Roseiras ladeavam a pedra cinza e branca do edifício. *Sepultura Familiar dos Stone e Grey* estava entalhado na entrada.

Se alguém ousasse entrar, ficaria bastante surpreso ao ver uma casa aconchegante. O espaço era grande o suficiente para acomodar uma família. Havia uma cama com dossel que não era utilizada desde que sua mãe tinha morrido. Ela compartilhava a mesma camada de pó que a cômoda e a mesinha do conjunto. Um biombo de cerejeira dividia os móveis mais bonitos daqueles que Marius usava: uma cama dobrável simples com um caixote de madeira no canto.

Uma pequena geladeira zumbia, conectada a uma tomada elétrica que o pai de Marius havia instalado anos atrás. Era acolhedora. Bom, tão acolhedora quanto um mausoléu pode ser. Nenhuma decoração do mundo esconderia as quatro lápides retangulares na parede dos fundos.

Marius parou um pouco para se lembrar de como era. Havia carpetes, comida e gente. Um lar com uma mãe e um pai. Conversas animadas, música e risada. O pai de Marius adorava ler livros em voz alta para a família, enquanto sua mãe preferia contar histórias dos monstros do mundo.

Ah, meu querido Raymond. Ele amava todos os livros do mundo. Eu amava mais o único.

— Eu o coloquei no cofre, mãe. Seu livro dos monstros estará aqui quando você voltar.

Quando ela falou, sua voz pareceu ecoar no mausoléu vazio. Ele se retraiu com o volume, embora tivesse certeza de que ninguém mais podia ouvi-la.

Você herdou isso de mim, sabia?

— O quê?

Amar apenas o livro único. Você também sempre foi assim. Desde bebê. Seu pai ficava tão bravo comigo por ler sobre carniçais e monstros para você antes de dormir. Ele tentava colocar outros livros no seu quarto. Tom Sayer e outras coisas normais assim. Mas ele por fim desistiu e comprou para você o seu próprio livro dos monstros. "Não se pode ir contra a maré", ele disse.

Agora os outros livros não estavam mais lá. O mausoléu estava vazio de conversas e risadas. Havia apenas uma cama feita, e toda a música tinha sido silenciada.

A última vez que ouviu música dentro daquelas quatro paredes tinha sido mais de dois anos atrás, quando sua mãe cantava. Eram músicas tristes sobre a saudade do pai dele.

— Por que não sinto saudade dele do mesmo jeito que você?

Você e seu pai nunca foram próximos como nós dois. Além disso, você era tão pequeno quando ele desapareceu. Não era adulto como agora.

— Só tenho doze anos.

Mas é maduro. Coveiros têm almas antigas. Não é como o seu pai. Tão jovem, até mesmo para a idade dele. Eu o conheci quando ele tinha vinte, mas nem o olhei uma segunda vez. Pensei que ele tivesse dezesseis. Ele parecia tão jovem e inseguro de si mesmo.

— Ele também está morto, mãe? — Marius perguntou em voz baixa.

Por que pergunta?

— Porque você está morta, não está?

Essa é uma pergunta difícil, ainda mais quando você sabe a resposta.

Ele suspirou. Esse era sempre o fim da linha quando se tratava de questionar sua mãe. Não importava o jeito que ele perguntasse, ela parava quando dizia: *ainda mais quando você sabe a resposta.* Qualquer coisa depois disso levaria a um completo silêncio, então Marius decidiu deixar isso pra lá.

Marius foi até o armário. Remexeu nas coisas até encontrar o unguento milagroso. Era basicamente óleo de coco com babosa e um encanto básico, mas servia para queimaduras de sol e ferimentos leves. Ele o esfregou no rosto e pegou um pouco de água da minigeladeira.

O cesto de jardinagem estava no canto do quarto. Marius o pegou e se virou para sair. A manutenção do cemitério era sua responsabilidade, no fim das contas. As tarefas da noite anterior estavam atrasadas e ele precisava recuperar o atraso.

Quando passou pela lápide no lado direito da parede, ele parou. Marius passou os dedos pelas letras gravadas em pedra fria. *Kelly Stone.* Ele traçou três X com o dedo no túmulo dela. Era o modo místico de dizer olá a uma pessoa morta. Servia também para proteção e magia.

Nada aconteceu, é claro. O fantasma de sua mãe não estava lá.

Ele se dirigiu ao cemitério com o cesto de jardinagem em mãos. Primeiro, havia a questão do cocô de pássaro no túmulo da viúva Fermina. Ela teria um ataque se acordasse e ele não o tivesse limpado. Depois, havia a questão dos dentes-de-leão que surgiam com a cabeça amarela onde não eram desejados.

Ele estava agachado, puxando os dentes-de-leão das rachaduras nas pedras, quando ouviu a risada de uma criança. Sua cabeça se ergueu, mas ele não viu nada. Marius deu de ombros e voltou ao trabalho. Havia um amontoado particularmente grande de ervas daninhas crescendo entre duas das sepulturas mais antigas. Ele se sentou e tentou pegar a espátula no cesto, mas ela havia desaparecido.

Outra risada infantil preencheu o ar. Marius examinou a área e viu a pá a uns seis metros de distância da lápide. Ele suspirou fundo e revirou os olhos.

— Não estou no clima — Marius disse em voz alta.

Se levantou, esfregou as mãos na calça e recuperou a pá. Quando ele se virou, um garoto estava em seu caminho, acenando com entusiasmo. Bom, não era bem um garoto. Era um garoto fantasma.

— O que você quer, Hugo? — Marius perguntou.

— Você não veio para casa ontem à noite — Hugo comentou com um sorriso irônico.

— É por isso que você mexeu na minha pá?

— Não. Isso foi para chamar a sua atenção — Hugo respondeu.

— Agora você a tem, o que você quer?

— Queria te dizer que não vou contar para os outros fantasmas. Nem um pio meu, juro.

— Obrigado, Hugo. Agradeço — Marius disse, dando um sorriso falso.

Hugo morreu quando tinha apenas nove anos e foi enterrado sozinho no cemitério. Órfãos não são comuns naquela área, já que Lafitte e as cidades vizinhas são muito próximas, mas Hugo apareceu sem nenhum parente para chamar de seu. Quando ele morreu em 1910 de gripe, os habitantes da cidade decidiram enterrá-lo no cemitério vertical por pena.

Crianças enterradas sem a família tendem a se transformar em lutins. Lutins são, em sua maioria, inofensivos. Fantasmas amigáveis que gostam de assombrar pessoas para se divertir. Hugo gostava muito de esconder as ferramentas de Marius e de fazer travessuras.

A principal diferença entre um lutin e um fantasma comum era que os lutins se aventuravam durante o dia. Fantasmas comuns só podiam sair de seus túmulos depois que anoitecia.

Hugo parecia estar tão animado em ver Marius que ficou fazendo sua imagem entrar e sair de foco.

— A viúva perguntou por você, mas eu não disse nada. O viúvo também, mas eu não disse nada. Quando o padre Clifford e Abigail perguntaram…

Na maioria das vezes, Marius não se importava com o lutin. Era como ter um irmão mais novo que nunca envelhecia. Mas naquele momento, tudo estava sendo um pouco demais. Ele estava cansado, e sua queimadura de sol ardia. Sua paciência não estava no nível normal.

— Me deixe adivinhar. Você não disse nada — Marius retrucou.

Ele se sentiu péssimo na mesma hora quando viu a expressão fantasmagórica de Hugo se desanimar. Não era legal. Afinal, Hugo era o único fantasma no cemitério que sabia sobre sua caça aos monstros. O lutin havia apanhado Marius folheando o livro dos monstros um dia quando os outros estavam dormindo.

Apesar de todas as tolices de Hugo, ele nunca havia dedurado Marius aos outros fantasmas. Nem uma vez.

Marius não contou aos outros fantasmas sobre sua outra vida pela mesma razão que a escondia das outras pessoas. Eles interviriam ou o importunariam. Eles poderiam descobrir seus planos, e ele tinha pouco tempo de sobra.

— Me desculpe, Hugo. Não foi por mal. Os últimos dias têm sido longos.

— Ah, tudo bem. Ei, você capturou alguma coisa? — Hugo perguntou, com os olhos espectrais arregalados pela animação renovada.

— Um bicho-papão.

— Jura? Uau, aposto que foi divertido. Ele devia estar todo *pow pow*, e aposto que você estava *bam bam*! E você foi o melhor e venceu.

Marius sorriu. Uma das coisas favoritas de Hugo eram os quadrinhos que Marius trazia para casa. Ele gostava mais dos de super-heróis, então imaginava que cada batalha contra monstros se parecia com as dos quadrinhos.

— Sim, meu amigo, eu venci — Marius disse. Ele não teve coragem de dizer ao lutin que o bicho-papão só havia valido dez míseros místicos.

— Que legal. Você é tão legal — Hugo comentou. — Eu não te dedurei.

— Eu sei, amiguinho. Eu sei. Ah, por que você não fica aqui comigo, enquanto eu capino este pedaço e me conta sobre tudo o que eu perdi?

Hugo flutuou empolgado sobre o canteiro de ervas daninhas. Marius escutou com atenção, enquanto ele contava todas as fofocas. Madame Quincey arrumou o cabelo de Abigail Fisher de novo, o que deixou o padre Clifford muito irritado. Os irmãos Watt, Evaline e Rickie encontraram um passarinho que havia caído de um ninho, e eles discutiram sobre quem deveria colocá-lo de volta. Depois de muitas brigas, Athena Barber finalmente deixou Nellie Ross tomar conta do pequeno Elvis, para que ela e o marido pudessem passear sozinhos à meia-noite.

Antes que percebessem, o sol estava se pondo no oeste. O resto dos fantasmas logo despertaria, e isso significava apenas uma coisa. Uma viagem até a Cozinha Cajun de Mama Roux para uma grande refeição em família. Era difícil dizer qual deles estava mais feliz com essa perspectiva.

10

O ESTÔMAGO DE MARIUS roncava enquanto ele contava os fantasmas que se reuniam ao seu redor.

Na parte da frente estava Hugo, seguido por Rickie e Evaline Watt. As crianças Watt tinham catorze e quinze anos, respectivamente. Em seguida, estava Madame Quincey, que tinha sido uma dama chique em sua época. Atrás dela estavam Rolland e Athena Barber, Athena com o bebê Elvis no colo. A solteirona, Nellie Ross, e a viúva Fermina estavam agrupadas. O viúvo sr. Stevens estava logo atrás delas.

Como de costume, o padre Clifford e sua filha adotiva, Abigail, cortaram a frente da fila para que ele pudesse repreender Marius. Era seu passatempo favorito da noite, mas deixava a pobre Abigail bastante envergonhada. Ela havia morrido quando tinha apenas treze anos. A idade eterna ideal para ficar envergonhada para sempre por conta de seus pais, como Abigail gostava de dizer. Ela ficou para trás, fingindo conversar com Hugo.

— Onde você estava ontem à noite, meu querido? Quase enviamos uma equipe de busca — o padre Clifford disse com uma voz rigorosa.

— Eu estava indisposto, senhor — Marius respondeu.

Foi extremamente difícil não retrucar ao fantasma. Afinal de contas, que espécie de equipe de busca os fantasmas poderiam enviar? Não podiam deixar o cemitério sem ele. Marius mordeu a língua para não fazer essa observação. Discutir só atrasaria o jantar.

— Indisposto? Me atrevo a dizer que nós deveríamos ser a sua prioridade!

— Vocês são, padre. Mas havia uma garotinha que precisava de ajuda — Marius respondeu, esperando que ele não se intrometesse mais.

— E não havia ninguém mais para ajudá-la? — o padre Clifford perguntou.

— Não, senhor.

— Você só tem doze anos. Acho difícil de acreditar que alguém mais velho não poderia…

Marius percebeu uma movimentação minúscula na superfície da água junto à costa. Aconteceu tão devagar que a maioria não teria visto. A parte de cima de uma silhueta redonda na água do riacho se iluminou à luz do sol poente.

Apenas Marius a reconheceu pelo que era. Não era um tronco, nem uma tartaruga. Era o topo da cabeça de uma sereia.

Rhiannon devia estar escutando. A voz do padre Clifford de fato se propagava. Marius olhou para onde ela estava e balançou a cabeça de leve. Ele não conseguia ver seus olhos, mas esperava que ela entendesse o sinal. De qualquer forma, Rhiannon não podia deixar que ninguém a visse. Nem mesmo os fantasmas.

— Muito bem, pessoal — Marius disse em voz alta, interrompendo o padre. — Todos estão aqui. Vamos jantar.

Marius avançou, deixando o padre Clifford para trás. Os fantasmas conversavam animados e o seguiram pelo caminho desgastado para fora do cemitério. Nem todos os fantasmas saíam de suas criptas à noite. Alguns não acreditavam estar mortos, então ficavam no lugar onde suas cinzas repousavam.

Outros eram muito velhos. Haviam desistido de seus espíritos fantasmagóricos muito tempo atrás e preferiam se infiltrar nas rochas e plantas ao redor deles, sendo para sempre uma parte da terra. Era isso ou tinham passado para a fase seguinte. O grande além. A vida eterna de sua escolha.

Marius guiou a procissão de espíritos pela trilha, através de uma passarela feita de pedras de jardim, e direto para a Cozinha Cajun de Mama Roux. Esse não era um restaurante normal. Mama Roux era um lugar para os vivos e os mortos. Ambos comiam lá. Essa era a única razão para se construir um restaurante tão próximo a um cemitério. Os Altos Místicos lhe pagavam um extra para entreter os espíritos locais.

Pelo que Marius sabia, ninguém nunca havia visto um dos Altos Místicos. Ficou imaginando se eram um mito. O dinheiro empilhado em seu cofre era o único sinal de que o estranho conselho era real. Pelo seu trabalho no cemitério, eles lhe pagavam com dinheiro humano. Todo mês, uma pequena quantia simplesmente aparecia em seu cofre. Sem explicação, sem mensageiro. Apenas surgia *do nada*.

Segurando a porta dos fundos, Marius contou os fantasmas conforme entravam. Um por um, foram passando por ele, animados. Até o padre Clifford ficou radiante no ambiente colorido do restaurante.

Cestas de peixes e luzes de Natal pendiam do teto. Fotografias de pessoas posando com peixes que haviam capturado cobriam cada centímetro dos espaços na parede. Havia uma parede inteira perto do banheiro dedicada àqueles peixes que cantam quando você pressiona um botão. A estridente música *zydeco,* típica de Louisiana, preenchia o ar. Era difícil ficar de cara feia no restaurante de Mama Roux.

Marius absorveu o aroma do ar pesado pela fritura. Ele não tinha comido o dia todo, e Mama Roux fazia o melhor camarão frito do mundo, em sua opinião. Assim que escoltou os fantasmas para a sala de jantar dos mortos, uma mulher corpulenta o envolveu em um abraço apertado. Marius se viu envolvido por todos os lados pelo amor de Mama Roux.

— Ah, *mon petit*! Senti muita saudade. Fiquei tão preocupada quando não te vi ontem! — Mama Roux disse com seu forte sotaque crioulo.

— Não consigo respirar — Marius disse depois de abraçá-la de volta.

— Desculpe, criança — ela disse, soltando-o. Ela afagou o cabelo dele, tentando ajeitá-lo. — Estava preocupada. Você tem que dizer pra Mama Roux que não vai jantar.

— Desculpe, Mama Roux.

— Bom, tá tudo certo. Você quer uma cestinha de camarão?

— Sim, por favor — Marius respondeu.

Falar com Mama Roux era sempre como conversar com uma avó. Havia momentos em que ele desejava que ela o convidasse para ficar em sua casa outra vez. Um lugar onde ele pudesse viver para sempre. Um lar que se parecesse com qualquer outra casa, com um sofá, e uma TV, e uma cama de verdade com lençóis que cheirassem a amaciante.

Mama Roux perguntou uma vez se ele queria morar com ela. Foi logo após a morte de sua mãe. Ele disse não por causa de uma razão importante. Marius ia trazer sua mãe de volta, e para fazer isso, precisaria caçar monstros do jeito que ela costumava fazer. Mama Roux nunca permitiria que ele caçasse em sua casa, por isso ele recusou a oferta sem que ela soubesse o porquê.

Mama Roux abriu um sorriso gigantesco, uma mulher gorducha com um sorriso enorme. As sombras nos olhos eram sempre verdes ou azuis, dependendo do vestido esquisito que ela usasse. O cabelo era tingido de ruivo brilhante e modelado num afro adulto que muitas mulheres sulistas voltavam a usar em seus anos dourados.

— Vou trazer pra você. Fica ali. Vou pegar uma Coca também — ela disse, apontando para uma mesa no canto.

Marius se sentou no lugar de sempre e observou os clientes. Havia uma sala de jantar para vivos e outra para mortos no restaurante de Mama Roux. Seus fantasmas foram para a sala de jantar dos mortos, é claro.

Embora não precisassem comer, alguns ainda gostavam de fingir. Mama Roux tinha um baú cheio de comida falsa para eles brincarem. Frutas de cera e pão de madeira pintados para parecerem reais. Isso os deixava felizes.

Na sala de jantar dos vivos, os humanos comiam comida de verdade. Lá estavam os habitantes da cidade que pareciam desconhecer o mundo sobrenatural. Eles chegavam para almoçar e jantar. Se já haviam notado o estranho garoto-coveiro segurando a porta aberta por um longo tempo para ninguém, nunca comentaram.

Mama Roux costumava deixar os fantasmas se misturarem com os clientes vivos. Afinal, eles eram invisíveis para a maioria das pessoas, então se mover pelo restaurante sem ser notado era fácil. Eles amavam se sentar em lugares vazios ao lado de pessoas reais, cheirar a comida que elas haviam pedido e fingir conversar com elas. Hugo cheirava a comida de Marius o tempo todo.

Todos sabiam evitar mesas com crianças. Elas eram as mais propensas a ver um fantasma. As crianças ainda estão abertas o suficiente para vê-los. Ainda não viveram no mundo humano o bastante para serem convencidas de que fantasmas são invenções.

As outras pessoas, aquelas que existem entre os reinos, também comiam na sala de jantar dos vivos. Como Marius e Mama Roux. Algumas outras pessoas iam e vinham. Médiuns e pessoas do vodu. Madame Millet era conhecida por visitar o local de tempos em tempos. Às vezes, criaturas apareciam — aquelas que podiam conjurar um disfarce realista. Demônios, na maioria das vezes.

Os Altos Místicos tinham fortes opiniões sobre monstros. Tais bestas eram seres empenhados em assassinar pessoas. Comiam tanto carne humana quanto almas humanas. Monstros não deveriam ser tolerados.

Demônios, por outro lado, estavam numa zona cinzenta. Eles não matavam. Apenas faziam acordos. Demônios de encruzilhada eram excepcionalmente sorrateiros nisso, mas quem não assinava o documento não se feria.

As pessoas queriam todo tipo de coisa. Se vendessem a alma para um demônio, poderiam conseguir o que quisessem. Quando chegava a hora, não havia o que fazer. O demônio cobrava. Os Altos Místicos deixavam isso passar por causa da escolha nessa questão. Ei, os humanos não precisavam fazer o acordo para início de conversa, precisavam?

Marius tinha começado a se empanturrar de camarão frito quando avistou Rex do outro lado da sala. Rex era um demônio de encruzilhada, e um muito desagradável. Ele usava um terno listrado perfeitamente passado e um chapéu que lembrava o de velhos mafiosos da década de 1920. Ao fazer contato visual com Marius, ele abriu um sorriso largo como o gato de Cheshire.

— Não dê atenção pra ele, *petit* — Mama Roux disse, colocando uma Coca na frente de Marius.

— Por que você o serve aqui? — ele perguntou com uma careta.

— Este é um lugar neutro. Você sabe disso — ela respondeu.

Eles observaram Rex se levantar e cumprimentar uma mulher assustada quando ela entrou no restaurante. Ela era miúda demais por baixo do vestido preto. Usava uma espécie de lenço ao redor do rosto e da cabeça e se mantinha nas sombras. Era impossível ver seu rosto. A pobre coitada parecia desesperada, torcendo as mãos e suando na gola do vestido.

Marius a viu deslizar um maço de dinheiro sobre a mesa para Rex, mas ele balançou a cabeça em negativa. Ele devolveu as notas suadas para ela. A mulher se levantou e saiu correndo do restaurante aos prantos.

— Também não gosto nada disso, garoto. A pobrezinha achou que podia comprar mais tempo com dinheiro comum — Mama Roux comentou.

— Ele nem se deu ao trabalho de dizer que ela poderia pagar com moedas místicas? — Marius perguntou.

— De que adianta? Pessoas comuns não têm acesso a elas.

— É verdade.

Mama Roux colocou a mão quente sobre o ombro de Marius. Ele desviou o olhar de Rex para olhá-la nos olhos.

— Você não tem essas moedas, tem? — ela perguntou, parecendo preocupada.

— Só algumas de quando a mamãe estava viva. De quando ela costumava caçar — ele respondeu.

— Escutei boatos, *petit*. Ouvi dizer que você pode estar fazendo algo imprudente como caçar monstros. Mas você não está, né? Diga a verdade para Mama Roux. Espero que você não esteja deixando ninguém te envolver em algo perigoso.

Marius respirou fundo e soltou o ar pelo nariz. Ele suavizou o olhar e relaxou os ombros. Mentir para Mama Roux não era algo que ele gostava de fazer, mas se não o fizesse, ela poderia interferir. Ela era gentil e se preocupava com ele. Ele odiava mentir para ela.

— Prometo, Mama. Não estou me metendo em encrenca.

11

QUANDO MARIUS ABRIU A porta do Habada-Chérie, Madame Boudreaux não estava em lugar nenhum. A loja não tinha cheiro de incenso dessa vez. Tinha um cheiro melhor. Talvez lilás? Talvez fosse o cheiro de que Papa Harold gostava, e ele só conseguia o que queria quando a bruxa velha não estava por ali, ele pensou.

— Bem-vindo, jovem Marius — Papa Harold disse com um sorriso aberto. Lembrou Marius de uma abóbora esculpida que ficou muito tempo do lado de fora de casa. — Eu não esperava que você voltasse tão cedo. O que posso fazer por você?

— Preciso de outro trabalho — ele disse sem nem o cumprimentar de volta. Marius pensou melhor e acrescentou: — Por favor.

— Outro? Mas você esteve aqui com o bicho-papão. Já precisa de outra recompensa?

Marius mudou o peso de uma perna para outra e se esforçou muito para não olhar para os próprios pés. Ele odiava colocar as cartas na mesa. Odiava mostrar a qualquer um que ele *precisava* de algo.

— Eu... quero mais. O bicho-papão não pagou o suficiente. Você não tem algo maior aí?

Papa Harold franziu a testa.

— Entendo. Bom, aposto que consigo encontrar algo para você.

O lojista Greyalho tentou dar outro sorriso, mas foi muito menor do que o anterior. Ele gesticulou para que Marius o seguisse, e eles se aventuraram pelo corredor, entrando na sala outra vez.

Papa Harold retirou um livro de debaixo da mesa. Ele o abriu e folheou, lambendo a ponta do dedo a cada virada de página. Marius decidiu se sentar em vez de ficar desajeitado e em pé perto da porta.

— As coisas estão um pouco calmas — ele disse sem olhar para cima. — Mas há rumores de um rougarou em um dos riachos. Ele perseguiu alguns caçadores e assustou pra caramba um pescador bêbado.

— Não dou conta desse — Marius disse.

— Tem razão. Um rougarou seria uma tarefa e tanto. Com todos aqueles dentes. Até mesmo os melhores têm medo deles — ele disse, distraído.

Papa Harold virou mais algumas páginas, examinando as colunas com a unha pontiaguda e rosada. Marius encarou as mãos pintadas. Ele nunca entendeu por que uma pessoa gastaria tempo fazendo as unhas.

Papa Harold parou na metade da página. Outro sorriso terrível apareceu em seu rosto.

— Ouvi boatos de uma doceira no bairro. Essa pode ser a sua especialidade — ele comentou. — Você é bom com monstros nos quartos das crianças.

— Dou conta de uma doceira. Só isso? Tem mais algum na lista?

— Só uma doceira genérica. Você gostaria das informações? — Papa Harold perguntou.

— Sim, aceito — Marius respondeu.

Papa Harold arrancou uma coluna do seu livro e a colocou em cima da mesa. Marius tirou o livro dos monstros do sobretudo e o abriu na primeira página em branco disponível. Com cuidado, ele ergueu o pedaço de papel e o deixou cair no livro aberto. Por alguma razão, isso lembrou Marius de quando oferecia um peixe a Rhiannon.

Era possível capturar monstros sem uma recompensa. Contanto que você tivesse um livro dos monstros e as palavras certas, qualquer monstro era seu para capturar. Aceitar uma recompensa lhe dava uma vantagem. Qualquer informação que seu empregador tivesse seria transferida para o seu livro. Último paradeiro, observações de espionagem, perímetros de território de caça. Tudo isso facilitava o trabalho de um caçador de monstros.

A página do livro brilhou com intensidade ao consumir o pedaço de papel rasgado com as informações. Quando o brilho diminuiu, a palavra *Doceira* estava escrita no topo. Marius se levantou e agradeceu Papa Harold, se curvando um pouco antes de sair.

— Cuidado, garoto — Papa Harold o alertou. — Doceiras são mais resistentes do que parecem.

12

UMA DAS VANTAGENS DE ser um garoto-coveiro era a habilidade de viajar através das sepulturas. Como Marius tinha apenas doze anos e nenhum parente para acompanhá-lo de carro, ele não tinha outra opção a não ser caminhar por toda parte. Levaria uma eternidade para ir até a casa de Madame Millet e voltar a pé. Ele estava sempre atrasado para a escola, mesmo saltando túmulos até o Cemitério do Santo Nome de Maria, perto da casa de Madame Millet.

Marius conseguia entrar em qualquer túmulo, pensar aonde queria ir e se transportar até aquele cemitério. Era uma tarefa um pouco assustadora se você não estivesse acostumado. Para se transportar, tinha que rastejar para dentro do pequeno buraco destinado a um corpo e sair do outro lado. A jornada era escura e suja, mas Marius estava tão acostumado a saltar túmulos que isso nunca o incomodou.

Por sorte, ao saltar túmulos, os coveiros se moviam através de tijolos e lápides como se eles não estivessem lá. E a mágica de saltar túmulos nunca os movia através de uma nova sepultura. Se arrastar sobre um corpo ainda em decomposição não seria uma experiência agradável.

Mas naquele dia, ele teria que ir mais longe. Marius tinha negócios a tratar no Bairro Francês de Nova Orleans. O que significava saltar até o Cemitério São Luís Nº 1.

O problema com esse cemitério era que sempre estava lotado de turistas durante o dia. Marius preferia fazer suas viagens à noite, porque ficava fechado para visitas, mas isso não seria possível naquele dia. Ele tinha muitas coisas para fazer e pouquíssimo tempo para realizá-las.

Marius passou pela placa arqueada do seu cemitério. Ali perto estava um dos túmulos mais antigos da região. Se havia um fantasma na residência, ele nunca havia se mostrado. O terreno já estava em ruínas antes mesmo de ele nascer. Ele tinha arrancado a lápide e removido os tijolos tempos atrás.

Ah, Marius. Saltando túmulos de novo? É muito sujo. Olhe as suas roupas.

Ele estava prestes a rastejar para dentro quando a voz dela soou e o assustou. Deveria haver um sistema de aviso que pudessem usar.

— Não temos mais o carro, mãe. Lembra? Você o destruiu.

Eu morri nele. Que boca você tem, Marius. Você está mesmo me culpando por isso?

— Não, mãe. Me desculpe.

Não desconte as suas frustrações em mim. Não cai bem em você.

Ele tinha uma piada na ponta da língua, mas a segurou. Afinal, a batida não tinha sido culpa dela. Ela não queria morrer em um acidente. Sua mãe nunca quis que isso acontecesse. No entanto, havia o outro lado da moeda. Um lado que era culpa dela. Um acordo feito por ela que deu início a tudo. Mas ele não pensaria nisso. Não agora. Ele tinha trabalho a fazer.

Marius arregaçou as mangas do sobretudo e rastejou para dentro do túmulo. Pensou no Cemitério São Luís Nº 1, imaginando-o em sua mente. Ele se arrastou até fundo da sepultura e atravessou para o outro lado. A luz brilhante do dia o cegou enquanto ele rolava para fora do túmulo e caía em um caminho de pedra bem conservado.

Marius se ergueu e limpou a roupa. Se arrependeu logo de cara do momento escolhido. Cinco estudantes o encaravam, boquiabertos. A professora não estava por perto.

Que maravilha, ele pensou. Agora teria que inventar uma história. Havia uma em particular que sempre funcionava com crianças.

— Quem perturba o meu descanso? — Marius disse com uma voz estranha e trêmula, normalmente reservada para filmes ruins. — Por que vocês me acordaram?

As crianças encararam Marius de olhos arregalados. Duas das garotas se abraçaram. Um dos garotos se escondeu atrás do grupo. Parecia que ele estava tentando fugir, mas sem que os outros o vissem.

— Respondam a pergunta, ou vou amaldiçoar vocês às trincheiras mais distantes do inferno!

A voz de Marius ressoou, e ele colocou uma das mãos na lápide ao seu lado. Isso fez as tumbas ao redor das crianças tremerem. Todos eles saltaram aos gritos e saíram correndo.

Marius relaxou. A cena fantasma funcionou, mas ele teve sorte porque nenhuma das crianças estava com celular. Isso teria complicado as coisas. A última coisa de que ele precisava era que tirassem uma foto sua.

Ele respirou fundo, se orientou e saiu do Cemitério São Luís Nº 1. Era um cemitério tortuoso e cheio de turistas, mas Marius o conhecia bem. Ele sempre saltava na seção italiana, porque as excursões raramente iam até lá. De alguma forma, ele conseguiu chegar à saída sem dar de cara com as crianças curiosas outra vez. Agora era hora de arranjar suprimentos.

A primeira parada era a Catedral de São Luís, na praça Jackson. A praça sempre estava cheia de música e vida. Havia artistas, músicos e apresentações por toda parte. Os turistas imploravam para apreciar a vista e fazer leitura das mãos. As pessoas pintadas como estátuas prateadas assustavam as crianças que ousassem oferecer dinheiro. Um cheiro doce preenchia o ar.

Marius esbanjou e comprou um pacote de profiteroles, o que deixou um rastro de açúcar nas suas mãos e no sobretudo. Ele não se importou. Não há nada melhor do que massa frita quando você está com fome em um belo dia.

Depois de se limpar, ele visitou a catedral. Era uma igreja bonita, e uma que Marius escolheu porque em geral estava lotada. Turistas eram bons para algumas coisas, e ele contava com a ajuda deles agora.

Marius abriu um sorriso quando viu um grupo de pessoas bem-vestidas insistindo em receber toda a atenção do guia turístico. Pessoas ricas que queriam o tratamento da realeza. As palavras do guia eram altas o suficiente para atrair outras pessoas. Conforme a multidão crescia, o clero corria em sua direção como mosquitos a um mata-moscas.

Ele seguiu um grupo de pessoas um pouco bêbadas que entrava, se escondendo entre elas. Quando abordaram o primeiro padre com questões, Marius se separou delas.

Caminhou até a tigela de pedra com água perto do altar da Virgem Maria. Depois de verificar se os turistas eram uma distração suficiente, Marius tirou um pequeno frasco de um dos bolsos e o encheu de água benta. Depois, puxou três rosários de outro bolso e os mergulhou na tigela. Um era muito especial, então fez questão de molhá-lo bem.

Marius quase se safou. Se tivesse sido um pouco mais rápido, teria conseguido. Quando ele se virou para ir embora, deu de cara com um padre. O coração saltou na garganta, e ele se preparou para sair correndo.

— O que você está fazendo aqui? — o jovem padre perguntou aos sussurros.

Quando Marius superou o choque, percebeu que o homem clerical parecia familiar. Sim, ele o conhecia. Marius conseguiu respirar outra vez. Ele estava a salvo no final das contas.

— Você me assustou, Duncan — ele disse.

— Assustei você? Você que me assustou! Vi alguém roubando água benta e pensei que teria que, sei lá, atacar você ou algo assim — o padre disse, nervoso.

— Como se você fosse atacar alguém — Marius comentou com um sorriso debochado.

— Eu poderia. Nunca se sabe — Duncan retrucou na defensiva.

Duncan era, pelo que diziam, um covarde. Ele tinha vinte anos e era extremamente inseguro. Ou seja, o padre não era corajoso e sempre amarelava. Depois que Duncan viu o mundo sobrenatural de fantasmas e monstros, ele perdeu a pouco coragem que tinha no início.

Quando Marius conheceu Duncan, o padre estava se escondendo, embaixo de um banco da igreja, de um par de gárgulas bebês. Gárgulas costumavam assombrar os telhados e campanários das igrejas, se transformando em pedra quando alguém os avistava. Se alguém pensasse ter visto um movimento com o canto do olho, a dúvida logo desaparecia quando se deparavam com uma estátua imóvel. Marius ouviu dizer que Paris está infestada deles.

O pobre Duncan estava trancando a igreja certa noite quando dois bebês desceram para ver melhor o jovem padre. Eles não tinham noção. Duncan berrou e saiu correndo, gritando.

Por acaso, Marius estava roubando um pouco de água benta na hora e convenceu Duncan a sair. Eles observaram a mãe gárgula levar os bebês embora. Duncan nunca mais foi o mesmo depois disso.

Marius gostava de Duncan por dois motivos. Ele era um cara bem-intencionado no geral e tratava Marius como um herói. Não importava o que Marius fizesse, Duncan lhe dava cobertura. Ele acreditava que Marius havia salvado sua vida naquela noite.

Marius não tinha intenção nenhuma de contar a Duncan que as gárgulas nunca o machucariam. Elas eram seres gentis. Mas era bom ter um padre do seu lado.

— O que você está fazendo com essa água benta? — Duncan perguntou.

— Eu só preciso de um pouco. Não ia pegar muito — Marius respondeu.

— E isso daí? — Duncan perguntou, apontando para os rosários.

— São para um amigo — Marius respondeu depois de enfiá-los depressa no bolso.

— Eu deveria te denunciar — Duncan sussurrou.

O padre lançou olhares frenéticos ao redor. No que diz respeito à sutileza, padre Duncan era um touro numa loja de cristais. Marius tentou não revirar os olhos. Se lembrou do que a sua mãe havia falado sobre como alguém pode ser jovem ou velho para a idade. Duncan era um adulto, mas agia como se fosse muito mais novo.

— Ah, qual é. Me deixe ir. Eu tenho uma doceira para caçar — Marius disse, usando seu tom mais convincente.

O rosto de Duncan ficou branco. Todo o sangue se esvaiu da pele. Marius pensou ter visto o lábio superior do padre tremer de medo.

— O que… o que é uma doceira? — Duncan perguntou.

— Você quer *mesmo* que eu te diga?

Houve uma longa pausa em que nem Duncan nem Marius disseram uma palavra. Eles ficaram em silêncio, enquanto o padre pensava muito na sua resposta. Quando finalmente falou de novo, sua voz saiu um pouco atordoada, como se os seus lábios estivessem dormentes.

— Não. Acho que não quero.

— Então posso ir? — Marius perguntou. — Não tenho muito tempo para encontrá-la antes que...

— Antes que o quê? — Duncan perguntou.

— Confie em mim. Você não vai querer saber.

Marius estava sendo exagerado sobre o perigo. Ele sabia que se assustasse Duncan o bastante, ele o deixaria ir embora. Doceiras não eram agradáveis, mas não era como se ele fosse enfrentar um rougarou ou algo do tipo.

— Tudo bem. Tudo bem. Saia rápido pela frente. Vou te dar cobertura — Duncan disse.

Marius se virou e correu em direção à porta. Duncan abriu um sorriso feliz e cumprimentou um novo grupo de turistas. Ele os moveu na frente de outros clérigos para que ninguém visse Marius fugindo.

O caçador de monstros saiu à luz do dia na Praça Jackson com um sorriso no rosto. A música preencheu seu coração e os artistas de rua dançaram ao seu redor. Ah, como ele gostaria de poder ficar um pouco e aproveitar a diversão. Rhiannon não era a única atraída pelo mundo além do dela.

Infelizmente, ele tinha que ir embora. Sua próxima parada era a mais importante de todas.

13

A LOJA DE PAPA Renard ficava a algumas ruas da área mais movimentada. Se localizava em um lugar discreto. Uma fachada modesta situada entre uma lavanderia e um mercadinho de esquina. A única vitrine que Papa Renard possuía era decorada com itens simples e de aparência inofensiva. Velas, incenso e alguns amuletos de bonecos Grey-Grey que poderiam ter saído de qualquer loja de presentes na rua Bourbon.

Havia um símbolo conhecido por todos os que viviam entre os dois mundos. Era um crânio com um X no lugar de cada olho e outro X no lugar da boca. O número três era sagrado e também a letra X. Três X em uma caveira significava que você lidava com magia de verdade. Papa Renard havia pintado o crânio branco logo acima da porta.

Marius entrou na loja de Papa Renard. Quando a porta se abriu, um uivo agudo soou lá de cima. Era o que eles usavam em vez de uma campainha. Papa Renard dizia a todo mundo que era a voz gravada de um grifo.

Diziam que os grifos afastavam o mal com seu chamado. Marius tinha suas dúvidas. De acordo com relatos, os grifos estavam extintos.

Para ele, parecia muito a voz de Mama Roux cantando enquanto cuidava de uma panela fervendo com caranguejos.

Ele caminhou por entre os itens turísticos da frente da loja até chegar ao balcão na parte de trás. Lá estava o próprio Papa Renard. Usava uma cartola e fumava um velho cachimbo. A fumaça que saía dele cheirava a cravo e rosa mosqueta. Sua cabeça havia sido raspada recentemente e mostrava a tatuagem de uma serpente comendo a própria cauda no pescoço. Ele se virou para falar com Marius com um sorriso cordial sob um bigode bem encerado.

— Marius Grey. A que devo a honra? — Papa Renard perguntou.

— Preciso de alguns suprimentos — Marius respondeu.

— É mesmo? Muito bem, então, o que posso oferecer a você?

— Uma dúzia de pés de galinha, sal preto, favo de mel moído e um pouco de casca de garra de gato.

— O que você está procurando, jovem sr. Grey? Com exceção dos pés de galinha, esses outros são ingredientes para um feitiço de rastreamento — Papa Renard comentou.

— Estou atrás… de uma doceira. Ouvi dizer que há uma à espreita por perto.

Contar a um adulto sobre caçadas era uma aposta. A maioria o considerava jovem demais. Outros não se metiam no assunto. Era difícil dizer de qual lado as pessoas ficariam. Marius esperava que Papa Renard ficasse do lado "deixe o garoto em paz". Seria tão fácil para ele denunciar Marius para Madame Millet.

— Ouvi algo sobre isso, sabia? — Papa Renard disse. — Com a sra. Krishner na rua Port, o filho dela acordou sem quatro dentes. A pobre criança ficou tão doente que teve que ser hospitalizada. Vou adicionar um pouco de carvão moído fininho.

Marius soltou o ar que estava segurando.

— Obrigado. Na rua Port, você disse? Beleza, posso começar por ali — Marius disse.

— Espere aí. Temos que discutir o pagamento. Quatro potes do melhor pó de tijolo que você tem paga tudo isso — Papa Renard disse, juntando os ingredientes que Marius havia solicitado.

Marius tinha dois bolsos incrivelmente fundos na parte de dentro do seu sobretudo. Um deles sempre carregava seu livro dos monstros. O outro continha vários ingredientes grandes ou pesados demais para caberem em um bolso frontal normal. Os bolsos seguravam a maior parte do peso dos objetos, então ele não ficava sobrecarregado o tempo todo. Quando ele espiou o bolso, percebeu que só havia três potes de pó de tijolo. Ele os retirou e os alinhou no balcão.

Apalpou às pressas os outros bolsos para encontrar mais coisas para trocar. Sua mão tocou duas possibilidades. Havia a moeda mística que ele tinha ganhado pelo bicho-papão, e os três rosários que ele havia acabado de abençoar na igreja. Marius tirou os rosários e colocou dois sobre o balcão.

— Acho que eu falei quatro potes de pó de tijolo — Papa Renard disse, decidido.

— Eu sei, mas eu só trouxe três. Também posso incluir esses rosários. Foram batizados em água benta uma hora atrás na Catedral de São Luís.

— É um começo. E o terceiro deles que você colocou de volta no bolso?

Marius enrijeceu. Havia poucas coisas que Papa Renard não notava. Ele passou os dedos pelas contas esculpidas.

— É para um amigo. Não está disponível para troca — Marius respondeu.

— É justo. O que mais você tem?

Marius suspirou com força. Ele tinha cerca de vinte dólares em dinheiro real, mas isso não seria atraente para Papa Renard. Ele gostaria de algo muito mais valioso do que aquilo. Devagar, Marius tirou a moeda mística do bolso e a colocou na mesa. O número dez cintilou à luz da loja.

— Ora, ora. Isso *sim* vale alguma coisa — Papa Renard disse com os olhos brilhando.

— Isso paga tudo? — Marius perguntou.

— E mais um pouco — Papa Renard respondeu, dando um sorriso. — Você pode pegar os rosários de volta. Tenho mais do que consigo vender no momento. E pegue algumas dessas pulseiras e pés de galinha extras, se você quiser.

Papa Renard colocou todos os itens de Marius em uma sacola e a entregou. Os dois apertaram as mãos. Quando o fizeram, uma faísca minúscula cintilou entre as palmas das mãos que se tocavam. A luz era um leve tom de azul. Os dois sorriram um para o outro.

Era o jeito de fazer as coisas. Transações mágicas eram sagradas. Muitas vezes, eram uma situação de troca. Ambas as partes tinham que fazer a troca de boa-fé. Depois da troca, as duas pessoas apertavam as mãos. Se a faísca entre elas fosse azul, tudo estava bem. Se a faísca fosse preta, significava que alguém estava mentindo.

— Obrigado, Papa Renard — Marius disse.

— É um prazer fazer negócios com você.

Papa Renard levou o pó de tijolo e a moeda mística para o depósito dos fundos. Uma cortina de miçangas fez barulho quando ele passou por ela. Assim que desapareceu, a cabeça de um garoto pálido surgiu no canto de uma vitrine. Era fácil ver o cabelo preto e crespo perto das velas brancas e das caixas de madeira de bétula. Marius foi até ele.

— Ei, Antoine. Conseguiu o que eu te pedi? — Marius perguntou.

Antoine era filho do Papa Renard. Ele não era muito bom em esconder os sentimentos. Não tinha cara de paisagem, como diria a mãe de Marius. Mas ter pais poderosos e severos não ajudava em nada. Antoine ficou inquieto.

— Sim, consegui, mas...

— Mas o quê?

— Minha mãe vai me matar se descobrir que eu compartilhei isso.

— Bom, mas aí posso usá-lo para ressuscitar você — Marius disse, sorrindo.

— Não tem graça. Você já leu isso antes? É poderoso. Como vai conseguir moedas místicas o suficiente para isso?

— É problema meu — Marius respondeu, olhando para o pedaço de papel na mão de Antoine.

— Tem certeza? Quer dizer, esse feitiço tem que ser feito dentro de dois anos após a morte de alguém. Já se passaram quase dois anos desde que a sua mãe...

— Você não acha que eu sei quanto tempo se passou? Qual é, Antoine? A gente tinha um acordo. Você me dá o feitiço e eu não conto para os seus pais sobre o ovo de pássaro-trovão que você está tentando chocar no sótão — Marius disse. — Olha, eu até ganhei uns pés de galinha do seu pai.

Marius abriu a sacola que Papa Renard lhe havia entregado e tirou metade dos pés de galinha. Ele os entregou a Antoine.

— Faça um círculo ao redor do ovo com eles, e isso vai atrair o pássaro para fora. Você não vai querer roubar o estoque de Papa Renard. Ele conta tudo — Marius comentou.

Antoine pegou os pés e assentiu. Com a mão trêmula, alcançou o bolso e entregou a Marius um pedaço de papel dobrado. Marius sentiu o peso quente dele nas mãos e isso lhe deu um pouco de conforto. Uma coisa a menos na lista. Um ingrediente a menos para coletar.

Marius estendeu a mão e apertou a de Antoine. Quando suas mãos se tocaram, uma faísca verde cintilou. Ela deu um choque leve nos dois, e Antoine saltou para longe. A faísca não era preta, mas também não era clara. Marius fuzilou Antoine com o olhar e segurou sua mão.

— O feitiço completo. Entregue. Você prometeu — ele ordenou.

— Desculpa! Não me sinto bem com isso — Antoine disse, desviando o olhar para a sala. — Tive que fuçar nos livros dela lá no cofre. É superperigoso. Dizem que nem sempre eles voltam... perfeitos.

— É, estou ciente. Também estou ciente de que tínhamos um acordo.

Marius cerrou os dentes e estendeu a mão. Por dentro, se repreendeu por ter confiado tanto em Antoine. Tinha sido um erro estúpido. Só havia uma pessoa em quem ele podia confiar, e ela estava nadando no rio Mississippi.

Antoine parecia envergonhado. Ele enfiou a mão no bolso de trás da calça e tirou outro pedaço de papel dobrado. Assim que entregou o papel, Marius o pegou e saiu em disparada pela porta.

14

SE MARIUS TIVESSE SIDO mais esperto, e não estivesse tão zangado, teria ficado na loja de Papa Renard e pedido emprestado um almofariz e um pilão para misturar os ingredientes para o feitiço de rastreamento. Teria sido a coisa certa a fazer, mas Antoine o havia deixado tão irritado que ele saiu de lá sem pensar. Seu orgulho era grande demais para deixá-lo voltar, então ele decidiu moer os ingredientes juntos em um copo de café reciclável que conseguiu na loja da esquina.

Depois que o pó rastreador foi misturado conforme seu agrado, Marius se dirigiu à vizinhança que Papa Renard havia mencionado. Durante o trajeto, ele se deparou com uma escola luterana e decidiu jogar ali sua primeira pitada do pó. Uma doceira começaria onde havia crianças reunidas.

Marius jogou uma pitada do pó aqui e ali. Se o pó se iluminasse em uma direção, isso significava que o monstro tinha andado por ali recentemente. Havia rastros ao redor de toda a escola, mas eles eram antigos. Ela devia ter encontrado uma vítima e a seguido até em casa. O pó brilhava mais forte no lado sudeste da escola, então ele seguiu nessa direção.

Estava ficando tarde, e a maioria das pessoas voltava do trabalho para casa. Vários tiveram que se desviar dele. Cada uma delas olhou para o garoto peculiar como se ele fosse doido. A maioria não parecia notá-lo até estarem quase em cima dele. Com sua tez acinzentada e a habilidade de desaparecer sem esforço na paisagem, Marius era quase um fantasma.

Os homens mal lhe davam uma segunda olhada. Com as mulheres, a história era diferente. Seus rostos mostravam expressões de dúvida e preocupação. Marius dava de ombros e sorria para os estranhos. Sorrisos eram uma boa maneira de desarmar os intrometidos.

Se ele fosse uma criança normal, teria frequentado uma escola normal também. Haveria um registro dele em algum arquivo no escritório. Dados em papel, certidões de nascimento, números de contato de emergência. As pessoas o teriam levado quando ele ficou órfão.

Ele era um garoto-coveiro que não estava no radar de ninguém. Não tinha documentos no mundo normal. Mas ele tinha que continuar assim, então sorria para as crianças que passavam e dizia "boa tarde" para as senhoras.

O pó rastreador brilhou mais forte em uma rua particularmente aconchegante. Cada casa era de uma cor diferente. Azul, vermelha, roxa. As persianas na janela eram igualmente vibrantes. Marius escutou com atenção e ouviu no ar o som de risadas de crianças. Essa era uma vizinhança cheia de crianças.

Havia grandes chances de a doceira ter escolhido essa área como terreno de caça.

Marius se moveu como um fantasma ao redor das casas, no maior silêncio possível. Pequenas comunidades como essa notavam forasteiros. Os turistas não vinham para aqueles lados com frequência, e um garoto novo espreitando por aí seria suspeito. Infelizmente, ele tinha que chegar mais perto.

Verifique as janelas.

— Vou verificar as janelas, mãe. Estava prestes a fazer isso — ele sussurrou entre os dentes. Ela sempre escolhia os piores momentos para começar a conversar com ele.

É lá que elas gostam de deixar os doces para as crianças.

— Para, mãe. Já sei disso.

Tudo bem, espertinho. O que elas são, então? Já que você sabe tudo. O que são as doceiras? Vamos lá, já faz um tempo que não temos aula.

— Aqui não. Há pessoas por perto — ele respondeu.

Não perto o bastante para escutar muito bem. Pare de enrolar, ó grande caçador de monstros. Me diga o que elas são.

Marius expirou fundo de uma maneira que só um filho frustrado consegue fazer. Ninguém além de sua mãe tinha a capacidade de conseguir isso. Pelo visto, ela nem precisava estar ali pessoalmente. Sua voz era o bastante.

— Doceiras podem ser várias coisas — ele começou, se certificando de não mexer muito os lábios para que os transeuntes não o vissem falando sozinho.

É só isso que você sabe?

— Alguns são fantasmas de mulheres à procura de seus filhos. Outras são fadas do dente abandonadas que se tornaram mulheres raivosas. Eu conheço as histórias, mãe. Você leu o seu livro dos monstros para mim várias vezes. Por que está me interrogando?

Porque você passou pelo último beco e nem pensou em verificar se havia depósitos de cálcio e açúcar naquela roseira.

Marius parou e suspirou com força. Ela tinha razão. Ele havia deixado tudo isso passar.

Você está falhando.

— Não, só estou cansado!

Sua voz ecoou mais do que ele pretendia. Marius prendeu o ar e olhou ao redor para ver se alguém o tinha escutado. Não havia ninguém por perto.

As crianças estão em perigo.

— Eu sei — ele disse, se sentindo derrotado.

A roseira, filho.

Sem dizer outra palavra, Marius conferiu o arbusto. Nem sinal de açúcar ou cálcio. Ele espiou becos e pulou algumas cercas com foco renovado. A maior parte das janelas tinha grade, mas algumas estavam desprotegidas. Foi só quando chegou ao quarto beco que ele avistou o doce no parapeito da janela.

Bingo.

Marius ouviu crianças discutindo dentro da sala. Era difícil dizer quantas. Ali, na janela do térreo, havia um punhado de doces. Não daqueles de lojas. Não havia rótulos que alguém pudesse reconhecer. Não era como se as doceiras comprassem as guloseimas. Uma variedade de bengalinhas de menta e balas de caramelo embrulhadas em papel manteiga compunham o pequeno punhado na janela.

Era uma boa descoberta e tinha ficado ainda melhor pelo fato de estarem intocados. Doceiras são conhecidas por assombrar as ruas, colocando doces nos parapeitos das janelas de crianças. Se uma delas pegar o doce, ela convida, sem saber, a doceira para entrar na casa. Então, a doceira entra à noite e rouba os dentes da criança.

Em silêncio, Marius pegou os doces da janela e os colocou em um dos bolsos. Aquelas crianças não a tinham convidado, mas ele não deixaria a tentação ali. Em vez disso, se ele levasse os doces, não haveria como ela ser convidada a entrar. Aquelas crianças seriam poupadas.

Ele se esgueirou pelo bairro, procurando por mais doces. Depois de encontrar o primeiro punhado, foi fácil seguir a trilha. Marius avistou mais cinco porções intocadas nas janelas dos quartos das crianças. Ou as crianças da vizinhança conheciam as superstições ou eram espertas o suficiente para não aceitar doces de estranhos. Marius guardou cada monte que encontrou.

Quando chegou à casa com persianas roxas, seu estômago embrulhou. A janela próximo à cerca havia sido movida recentemente. Marius viu lascas de tinta faltando onde a tela havia sido removida e depois recolocada. Quando espiou por dentro da cortina, viu um garotinho lambendo uma bengalinha de menta embrulhada em papel-manteiga.

Alívio e pavor preencheram o corpo de Marius. Era uma sensação estranha, isso com certeza. Havia um alívio quando um caçador encontrava a próxima vítima antes de ela se tornar uma vítima de fato. Agora, Marius sabia onde o monstro atacaria. No entanto, ele também odiava o fato de que algo terrível estava prestes a acontecer com aquele pobre garoto.

Marius colocou o dedo no pó rastreador e desenhou três *X* no muro do lado de fora do quarto do menino. As letras se iluminaram, confirmando que a doceira havia permanecido ali por muito tempo. Ele respirou fundo e procurou um lugar para se esconder.

Não podia ficar ao ar livre. Mesmo que a doceira não se importasse, o pessoal da vizinhança se importaria. Alguém com certeza chamaria a polícia. A melhor solução era se esconder no quarto da criança, como tinha feito no armário de Violet, mas não havia tempo para isso. Era preciso muita discrição e planejamento para fazer algo assim.

O melhor lugar que Marius pôde encontrar foi um emaranhado de arbustos não podados ao lado da cerca. Ele se arrastou para dentro, usando as mãos e os joelhos, e se enrolou como uma bola. Ficar deitado na terra não era agradável, então colocou um dos braços embaixo da cabeça para servir de travesseiro. Os arbustos lhe davam cobertura, mas ele também tinha uma visão clara da janela do garoto.

Marius não tinha intenção de cair no sono, mas, de alguma forma, ele conseguiu fazer isso. Talvez fosse o som dos grilos à noite, e o farfalhar das folhas acima de sua cabeça. Talvez fosse porque ele estava cansado demais nos últimos dias. Dormir em barcos e caçar no bairro o esgotaram. De qualquer forma, Marius dormiu e não acordou até que o mundo inteiro estivesse no escuro.

Marius! Marius, acorde!

15

ELE ACORDOU ASSUSTADO. ESTAVA escuro. Depois de perceber o erro que havia cometido, Marius se sentou e saiu do meio dos arbustos. Um tremor percorreu sua caixa torácica, enquanto ele retirava os galhos e insetos do cabelo. Ele olhou ao redor, boquiaberto, mas não viu ninguém. Então notou a janela. Estava aberta, e a tela havia sido removida.

Marius correu até ela e olhou para dentro. Lá estava uma mulher aterrorizante vestida de preto. A doceira parecia ter acabado de chegar de um funeral. Uma imagem pálida e solene. Sua pele era desbotada e o cabelo caía solto ao redor dos ombros. Você nunca imaginaria que ela era um monstro. Parecia uma mulher assustadora, mas ainda assim, uma mulher humana.

Só quando ela se moveu que o monstro se revelou. Ela rastejou como uma aranha do pé da cama do garotinho até onde ele dormia em paz. Seus movimentos eram curtos e aos solavancos, como se tivesse articulações mecânicas que não funcionavam devido ao desuso. Ela oscilou o caminho todo até estar cara a cara com o garoto. A doceira se ajoelhou sobre as pernas do menino e sorriu para a vítima.

Marius preparou o livro na mão e examinou a janela. Ele precisaria levantá-la mais um pouco para conseguir passar. Ela rangeu um pouco, e a doceira virou a cabeça para investigar. Marius se abaixou atrás do muro. Por sorte, ela não o viu.

Marius teria que ser rápido. A janela o denunciaria num instante. Ele teria que pular no quarto, capturar a doceira antes que ela pudesse fugir e sair dali sem que ninguém o escutasse. Quando ele levantou a cabeça outra vez, viu uma cena que era, sem dúvida, horripilante.

A doceira havia arrancado a pele de um de seus braços, expondo uma carne verde e pantanosa por baixo. Quando Marius espiou, ela estava arrancando a pele do outro braço. Ela ficou de pé na cama e se despiu da pele da mulher como se estivesse tirando um vestido justo. A última parte foi o rosto. O rosto estranhamente humano da doceira deu um último sorriso antes que a criatura por baixo o arrancasse como uma máscara de Halloween do ano anterior.

A criatura de pé era feita de tendões e ossos verdes. Veias de musgo e resíduos de sangue se grudavam aqui e ali sob seus braços e debaixo das costelas.

Seu rosto era pouco mais do que um crânio com a menor das luzes dentro de suas órbitas oculares. Uma massa preta de musgo e vapor rodeava sua cabeça como uma nuvem flutuante de cabelos ondulados.

Era uma bruxa bu.

Uma bruxa bu era muito mais poderosa do que uma doceira comum. Era melhor não brincar com esse tipo de monstro. Viviam da violência e da energia vital dos seres humanos, ainda mais de crianças. Quando uma bruxa bu o sugava, nada mais restava de você. Você era drenado até o cálcio dos seus ossos.

O coração de Marius bateu forte no peito, e ele perdeu a coragem por um instante. Algo por dentro lhe dizia para gritar por socorro e fugir. Era covardia, pura e simples. Seria algo que Duncan faria. Talvez o que Antoine fizesse. Não, disse a si mesmo. Não fugiria. Ele não podia deixar aquele garoto sozinho.

Olhou pela janela outra vez e viu a bruxa debruçada sobre a criança. Suas garras pretas agarravam as laterais da cama de solteiro, fazendo o estrado ranger. O pobre garoto estava acordando para ver o rosto da violência e da morte por cima dele. Quando ele abriu a boca para gritar, ela também abriu a dela.

Seu grito foi capturado no ar antes mesmo que o som saísse. A terrível boca esquelética dela se abriu e começou a sugar a luz do menino. A força vital da criança saiu como uma luz branca ofuscante. Quando entrou em seu corpo, brilhou dentro do peito verde horroroso, iluminando-a por dentro.

Agora era sua oportunidade. O monstro estava distraído. Marius abriu a janela e pulou para dentro do quarto.

A janela rangeu alto quando ele a abriu, mas a bruxa bu não respondeu de imediato. Ela estava ocupada demais com o garoto, então Marius teve tempo o suficiente para pegar o pó de tijolo e jogar no rosto dela. Pode ter faltado pó na troca com Papa Renard, mas Marius sempre guardava um pouco em um bolso de emergência.

A bruxa soltou um lamento e rompeu sua conexão com a criança, mas ela não recuou como o bicho-papão. Em vez disso, limpou o pó dos olhos ocos e se virou para Marius com um rosnado baixo e rouco. Marius sentiu um frio na espinha quando a bruxa pulou da cama e encarou o jovem caçador de monstros.

O garotinho estava inconsciente. Não morto. Marius viu seu peito subir e descer. Era um bom sinal, mas a maior parte da energia vital do garoto estava agora brilhando dentro do peito da horrível bruxa bu. Era uma luz cintilante que brilhava entre costelas salientes.

Ela se aproximou, parecendo ficar maior a cada passo. Seu rosto macilento girava de um lado para o outro, como se ela o estivesse medindo. Marius agarrou o saleiro de um dos bolsos e desenhou um círculo grosseiro no chão com ele. Suas mãos tremiam quando ele pegou o livro.

— O que temos aqui? — a bruxa bu disse. — Um caçadorzinho? Marius Grey, se a capa do seu livro estiver correta.

A cada palavra, a força vital da criança brilhava mais forte. Ela se aproximou ainda mais, com cuidado para não tocar o sal. Quando a bruxa expirou, o odor de putrefação veio junto. Tinha cheiro de comida estragada e água parada. O fedor repugnante de uma carcaça deixada em um pântano para apodrecer e estragar sob o sol úmido.

— Estou aqui para te impedir e salvar as crianças desse bairro — ele disse, tentando soar forte e corajoso.

Marius abriu o livro na página apropriada. A encadernação zumbia com a promessa de capturar outro monstro. Quando ele falou de novo, foi profundo e confiante.

— Agarre com força, não deixe escapar. Pó de tijolo e sal para afastar. Linha invisível, um anzol a puxar. Faça o monstro...

Antes que ele terminasse, a bruxa esticou a mão comprida e com garras e bateu forte no chão. O solo tremeu sob seus pés e ele derrubou o livro, que caiu no chão, derrapando pela linha de sal. Marius olhou aterrorizado para a brecha aberta. Agora que o círculo estava rompido, não havia proteção para ele.

A bruxa bu aproveitou a oportunidade e agarrou Marius pelo pescoço. Ela o arrastou para longe do canto e o jogou com força no chão, o mais longe possível do sal. Todo o ar saiu de seu pulmão quando ele bateu as costas. Marius ofegou impotente, em busca de ar.

— Que grande caçador — a bruxa disse enquanto subia em Marius. — Esse sobretudo com todos os seus feitiços não vai salvar você, criança. Mas você terá um gosto bom, isso com certeza.

Suas unhas afiadas bateram e arranharam o chão de madeira à medida que ela se movia sobre ele. Marius tentou gritar, mas nada saiu. Seu rosto terrível encontrou o dele, e ele encarou seus olhos medonhos e encovados. Tudo cheirava a podridão e ruínas. Carnificina e putrefação.

Marius logo enfiou a mão no bolso com o pó de tijolo, mas a bruxa foi mais rápida. Ela arranhou sua mão tão depressa que ele viu o sangue antes mesmo de sentir a dor. Três cortes fatiaram a palma de sua mão, do dedão ao pulso. Marius estremeceu e tentou se afastar, mas a bruxa prendeu seu ombro com a mão enorme.

Havia apenas um último movimento a ser feito. Marius trouxe os joelhos até o peito e chutou para cima com os pés. O golpe não lhe deu muito espaço para trabalhar. A bruxa era grande e pesada, e ele não foi capaz de movê-la tanto assim. Por sorte, foi o suficiente para fazer sua jogada.

Ele usou a mão ferida e arrancou os botões da parte de cima de sua camisa. Ali estava pendurado o talismã de sua mãe. Um crânio de corvo revestido de prata com uma pedra da lua enfeitiçada. Ficava sempre ali, preso ao seu pescoço com uma corrente de prata pura. Ele não tinha certeza do que exatamente ele podia fazer ou que tipo de magia o trazia à vida, mas os monstros pareciam odiá-lo. Sempre que as barreiras a distância falhavam, ele sempre tinha o talismã.

Quando a bruxa bu ficou cara a cara com o crânio do corvo, a pedra da lua brilhou com intensidade. Lançou flashes de luz prateada pelo quarto, refletindo seu rosto deformado. A bruxa se afastou de Marius e se arrastou pelo chão.

— O que você tem aí, caçadorzinho? — a bruxa grunhiu, apontando para o talismã.

Marius ficou de pé com o crânio à mostra. A pedra da lua cintilou quando ele se aproximou da criatura encolhida no chão. Ela se afastou mais e gritou quando, sem querer, passou as garras pelo sal no chão. Ele aproveitou a oportunidade para atacar.

Com um movimento rápido, Marius enfiou a mão no bolso e puxou dali sua faca de filé. Estava sempre afiada. Ele saltou para a frente e enfiou a lâmina no peito da bruxa, bem no meio, onde a força vital do garotinho era mantida. O grito dela saiu como um gargarejo. Seu corpo se esvaziou da energia roubada. Ela flutuou no ar do quarto como um vapor azul e voltou para o garoto através de sua boca e narinas.

A criança se sentou de repente, olhando ao redor do quarto com os olhos arregalados. Ele ficou boquiaberto ao ver Marius sobre a bruxa, que se contorcia, a faca saindo de seu peito. O menino abriu a boca para gritar, mas parou quando o caçador ergueu a mão.

— Não grite. Ainda não. Não até que eu a capture.

Por alguma razão, aquilo funcionou. O garoto fechou a boca e observou. Ele tremia todo sob o cobertor. A bruxa se movia impotente no chão, tentando se recompor. Sem a energia roubada, ela era muito mais fraca. Quando conseguiu se levantar, Marius já estava com o livro em mãos e o apontava diretamente para ela.

— Agarre com força, não deixe escapar. Pó de tijolo e sal para afastar. Linha invisível, um anzol a puxar. Faça o monstro no livro ficar!

A força do puxão quase derrubou Marius. Embora ele tenha enfraquecido a bruxa, ela ainda era cinco vezes mais forte do que um bicho-papão comum. Ela cravou as unhas no chão, tentando se afastar, mas não havia como lutar contra o feitiço. Um livro dos monstros, empunhado com o feitiço certo, podia derrotar qualquer coisa.

Com um último grunhido, a bruxa deixou o mundo mortal e foi sugada pelas páginas do livro de Marius. Ele fechou o volume e, enfim, o mundo ficou em silêncio.

16

NA OPINIÃO DE MARIUS, pais humanos comuns não faziam muito sentido. Ele havia lutado contra bichos-papões, doceiras, poltergeists e agora bruxas bu em quartos de crianças por quase dois anos. Por alguma razão, muitos monstros eram atraídos por crianças. Em todo esse tempo, ele notou que os pais quase nunca respondiam a ruídos assustadores nos quartos de seus filhos com alguma regularidade.

Certa vez, um bicho-papão fez tanto barulho que Marius podia jurar que o bairro todo viria correndo para ver o que estava acontecendo. Em outros momentos, bastavam algumas tábuas rangerem para que uma mãe-helicóptero aparecesse. Parecia que quanto mais velha a criança, menores eram as chances de alguém checar como ela estava. Além disso, se os pais tivessem bebido vinho depois do jantar, muitas vezes deixavam as crianças em paz.

Mas havia uma maneira infalível de chamar um dos pais, até mesmo o pior deles. As lágrimas de uma criança. Isso alterava por completo o comportamento dos pais. Quer incitasse a raiva ou a compaixão, eles ainda vinham correndo.

O garoto começou a chorar. Demorou um pouco para que Marius ouvisse. Seus ouvidos ainda zumbiam por conta da força da magia. Os gemidos da criança se transformaram em choro, e seu choro, em soluços. Marius foi do outro lado do quarto até a cama próximo ao menino em segundos. Ele colocou a mão que não estava machucada sobre a boca do garoto.

— *Shhhhh*. Agora, ouça. Eu sou Marius Grey e sou um caçador de monstros. Segui este até o seu quarto, e entrei aqui para te ajudar. Preciso que você me ajude. Por favor, não chore.

Dois olhos escuros espreitavam por cima da mão, lágrimas ainda se acumulavam nos cantos. A alma aterrorizada e ferida do menino mal estava aguentando. Depois de um longo minuto e um pouco de persuasão silenciosa, a criança concordou devagar.

— Isso, muito bem. Vou tirar a minha mão agora. Você vai ficar quieto para que a gente possa conversar, não vai?

Outra confirmação. Marius tirou a mão. O lábio inferior do garotinho tremeu, mas ele fez sua parte. Não chorou.

— Qual é o seu nome? — Marius perguntou.

— Henry — ele respondeu, baixinho.

— Pronto, Henry. Você se saiu muito bem. Foi muito corajoso. Estou orgulhoso de você. Agora, vou pegar o meu livro e sair pela janela. Preciso que você me prometa que não vai contar para ninguém sobre isso. Nunca.

— Por quê? — Henry perguntou.

— Porque nunca vão acreditar em você — Marius disse simplesmente.

Henry encarou Marius, boquiaberto, mas, por fim, balançou a cabeça. Era a situação de todas as crianças, e a maioria delas sabia disso por experiência. Adultos nunca acreditavam nelas.

— O que você vai fazer com ela?

— Vou levá-la para um lugar bem longe — Marius respondeu, segurando o livro com força na mão machucada. — É como uma prisão para coisas ruins. Monstros malignos são mandados para lá para sempre, para que nunca mais machuquem crianças boas como você.

As páginas do livro dos monstros ainda brilhavam verdes. O volume estremeceu sob seu aperto e tentou se soltar. Marius apertou mais, embora parecesse que sua mão estava em chamas. Ele foi capaz de manter uma expressão séria para o garoto.

— Mesmo os pais? — Henry perguntou.

— O quê?

— Você disse que há um lugar que é uma prisão para monstros... para que não machuquem crianças como eu. Isso inclui pais?

Marius ficou surpreso. Ele olhou nos olhos lacrimejantes de Henry por um bom tempo antes de ver as cicatrizes embaixo deles. Não era justo, e não era certo. Esse não era o primeiro monstro que a criança tinha visto.

— Seu pai está machucando você? — Marius perguntou.

Henry se encolheu nos travesseiros e se abraçou. O livro de Marius tremeu de novo, mais forte dessa vez. O machucado em sua mão estava começando a doer de verdade. Se as palavras de Henry não tivessem tragado toda a atenção de Marius, ele teria cedido e gritado de dor.

— Eu... Eu não falei isso — Henry disse.

Marius lutou contra o nó quente na garganta. Isso era quase pior do que uma bruxa bu. Monstros eram monstros. Era da natureza deles fazer mal aos humanos. Mas um pai? Eles nunca deveriam se tornar monstros. Não deveriam machucar, nem desaparecer, aliás. De repente, ele desejou poder capturar o pai de Henry em seu livro e levá-lo embora com a bruxa.

O livro se mexeu de novo, e dessa vez Henry percebeu. Marius prendeu a respiração de dor. O rosto do pobre garoto estava repleto de pânico outra vez.

— Ela não pode sair, pode?

— Não. É só uma fisgada aqui do lado. Lutar com ela me custou isso. Agora, me ajude com a janela, está bem? — Marius perguntou.

Henry o seguiu para fora da cama. A verdade era que a bruxa não deveria conseguir escapar. A encadernação do livro a mantinha embalada, mas o trabalho que ela estava dando era real. Ela ainda era muito forte, e ele estava ferido. Parecia que ela estava tentando encontrar uma saída. O que não poderia acontecer, não na frente do doce e assustado Henry.

Antes de pular pela janela, Marius decidiu fazer uma última coisa pelo garoto. Enfiou a mão no bolso e puxou um rosário e uma pulseira de bolinhas. Com a mão, ele colocou o rosário no pescoço de Henry e a pulseira em seu pulso.

— Para que serve isto?

— Essa é uma pulseira de bolinhas. Se você se sentir ansioso ou com medo à noite, gire as bolinhas com os dedos e conte para elas o que está te incomodando. Isso vai acabar com as suas preocupações — Marius respondeu.

— E isto no pescoço?

— É um rosário, foi abençoado recentemente. Use ao redor do pescoço para proteger você de... qualquer outro monstro que possa estar na sua casa.

Um longo momento de silêncio se passou entre eles no qual o livro tentou se soltar de novo. Por sorte, Marius o havia enfiado em um dos bolsos internos, para que Henry não pudesse ver. A dor em sua mão gritava para ser reconhecida. Ele mordeu a parte interna da boca para controlá-la.

— Mas... não somos católicos — Henry disse.

— Não importa — Marius comentou, lhe fazendo um cafuné. — É uma proteção. Não importa a fé. Se a bênção é genuína, o poder também será. Isso irá te proteger e te esconder de monstros.

Henry se endireitou. Era como se os itens tivessem dado a ele novos poderes. Marius sabia que não era esse o caso. Eram uma proteção, simples assim. Não davam poderes, mas por que não deixar o menino acreditar nisso? Não machucava ninguém. Na verdade, poderia ajudá-lo a criar seu próprio poder.

Marius pulou a janela, esperou que Henry a trancasse e então saiu correndo, desesperado. A bruxa estava lutando para se libertar do livro. Ele sentia o ódio dela esquentando a encadernação. Com cada grito dentro do livro, outra pontada aguda de dor golpeava sua mão. Havia algo se contorcendo sob sua pele, como se alguma coisa estivesse viva por dentro. A cada movimento, uma nova agonia brotava ao longo dos seus nervos.

Ele não tinha escolha, teria que retirar o livro do bolso em público. Era a única opção. Ele tinha que amarrá-lo ou então ela escaparia e terminaria o que havia começado. A cabeça de Marius girava de um lado para o outro nas ruas. Parecia não haver ninguém por perto.

Quando tirou o livro do sobretudo, ele já estava alguns centímetros aberto. Isso deveria ser impossível. Livros de monstros têm feitiços de aprisionamento em cada fibra do seu ser. Cada costura, cada gota de cola, é enfeitiçada para manter as criaturas malignas ali dentro até que possam ser pesadas e processadas. No entanto, não havia como confundir a garra escura que tentava abrir o livro por dentro.

Marius tirou outro rosário do sobretudo. Jogou o livro no chão sob um poste de luz e encostou as contas na garra da bruxa. Ela recuou um pouco para dentro das páginas, mas não parou de tentar abri-lo. Marius pegou o rosário e o enrolou ao redor do próprio livro. Parecia mantê-la sob controle apenas o necessário, mas a cada grito estridente, uma nova pontada de dor atingia sua mão. Quando ele a inspecionou, o que parecia ser um verme espinhoso se contorcia por baixo da pele.

Uma onda de terror o atravessou. Isso era muito mais do que ele esperava, e não havia ninguém por perto para ajudá-lo. A loja de Papa Renard era muito longe, e a casa de Madame Millet ficava do outro lado do rio.

O rio. Ele não estava longe do rio. Apenas alguns quarteirões de distância, talvez.

Marius segurou o livro junto ao peito com os dois braços. O rosário estava firme, mas ele não sabia por quanto tempo. Ele se virou em direção ao rio Mississippi e correu o mais rápido que pôde para longe da casa de Henry.

Por favor, que ela esteja lá, pensou ele. *Por favor.*

17

MARIUS CHEGOU AO RIO. Não tinha sido fácil.

Não havia como saltar para dentro do rio daquele lado da cidade. Um muro de pedra separava os bairros da água. Por sorte, alguém tinha deixado um barco e um trailer estacionados no final da rua, e Marius pode usá-los para saltar sobre a barragem de inundação. Dali, ele teve que atravessar vários trilhos de trem, desviar de alguns bêbados na trilha do Parque Cres e pular uma cerca.

Quando finalmente conseguiu entrar nas águas turvas do rio Mississippi, ele pegou um punhado de jasmim moído no bolso do sobretudo e o jogou o mais longe que pôde. Não havia armadilha de peixes para atraí-la, mas ele esperava que o jasmim fosse suficiente.

Ele tentou não pensar em como era improvável que ela estivesse por perto. O rio era enorme, e desaguava em um milhão de pequenos riachos e baías, como a que levava ao seu cemitério. Querer que Rhiannon estivesse perto o bastante para ajudar era uma ilusão, mas era sua única esperança.

— Mãe? — ele disse para o nada.

O medo rastejou por sua espinha a cada pontada de dor. O terror e a solidão disputavam o controle de seu corpo.

— Mãe? Por favor, diga alguma coisa!

Nada. Nem uma palavra. Ele ia morrer sozinho no Mississippi. Destruído por uma bruxa bu com a qual não conseguiu lidar.

A água chegou até sua cintura. Mesmo que os bolsos internos do casaco não se molhassem, suas calças se molhavam. Ele sentiu a água lamacenta e morna encharcar suas meias e encher seus sapatos. O livro se debatia em seu peito, mas ele o segurou apesar da dor lancinante na mão. Marius fechou os olhos, fazendo tudo o que podia para focar em chamar Rhiannon através do jasmim na água.

— Marius? — chamou uma voz baixa e feminina.

Seus olhos se abriram. Ele estava tenso por tanto tempo que não percebeu que Rhiannon estava bem na sua frente. Seus grandes olhos verde-água o observaram, preocupados.

— Rhia? Você está aqui?

— Sim, ouvi você chamar. O que foi?

Ela pegou a mão dele e o levou mais fundo na água. Havia um lugar entre algumas árvores submersas que era mais reservado. Embora poucas pessoas frequentassem a trilha à noite, era melhor se esconder o máximo que podiam.

Rhia enfiou os longos dedos por entre seus braços, tentando soltar o livro dele, mas o objeto se debateu contra ele. Por instinto, Marius apertou o exemplar com mais força. Lágrimas quentes estavam se acumulando no canto de seus olhos. Estava doendo demais.

— O que foi? Me conta, Marius.

— Era uma bruxa bu. Papa Harold pediu que eu capturasse uma doceira, mas não era só isso. Era uma bruxa bu. Eu a capturei, mas agora ela não quer ficar lá dentro! Nunca vi isso antes. Ela continua se arrastando para fora.

A criatura se debateu sob sua pele novamente, e Marius se encolheu de dor. Parecia estar crescendo. Cada movimento arranhava seus tendões e ossos. Ele quase soltou o livro. Rhiannon segurou sua mão para examiná-la.

— Você está ferido? Ela te machucou? — Rhia perguntou, com a expressão preocupada.

— Ela me arranhou quando estávamos lutando. Agora há… alguma coisa… dentro de mim.

A expressão de Rhiannon ficou tão concentrada e intensa que Marius ficou com medo. Era assim que os predadores apareciam na natureza pouco antes de atacarem suas presas. A estabilidade dos músculos, a dilatação das pupilas. Marius observou, horrorizado, quando Rhiannon abriu sua boca carnívora. Ela olhou com avidez para a mão dele.

Marius, ela vai comer você. Se afaste!

— Rhia, não! Espera!

Num instante, a língua de serpente de Rhiannon surgiu por entre seus dentes pontiagudos. Ela cavou fundo na ferida de Marius. Ele gritou de dor conforme a língua se retorcia para lá e para cá, cortando a carne enquanto lutava com a criatura ali dentro. Com o som terrível de algo sendo rasgado, Rhiannon retraiu a língua de sua mão. Marius quase desmaiou de dor e da perda de sangue.

— Ai! O que…

A sereia balançou o que parecia ser uma pequena enguia na língua, como um pescador orgulhoso de sua pesca. A criatura era preta e esverdeada, com rugas nodosas e duas garras ossudas. Se contorceu na língua de Rhiannon, mas não escapou. A sereia a puxou para sua boca cheia de dentes, fechando-a com força. Assim que fez isso, o livro parou de se debater contra ele e ficou imóvel.

Marius levou a mão ao peito. Ainda doía. Uma dor latejante ia e vinha no ritmo das batidas do seu coração. Quando ele examinou a ferida, ela sangrava com abundância. Talvez ele estivesse enganado, mas os cortes não tinham sangrado tanto antes disso. Agora que a criatura se foi, a ferida jorrava sangue com facilidade.

— As bruxas bu deixam pedaços de si mesmas dentro das pessoas quando arranham. Ela foi capaz de lutar contra o seu livro porque ainda havia um pedaço dela aqui fora — Rhiannon disse.

Sua boca tinha voltado ao normal, mas Marius notou que ela ainda mastigava. Para qualquer pessoa no mundo, ela se passaria por uma jovem, nadando na água e mascando chiclete. Eles não seriam capazes de entender que ela estava triturando o cadáver de um verme de bruxa com seus dentes afiados.

— Ahn… obrigado — Marius disse, enfraquecido.

O mundo entrava e saía de foco. Sua cabeça parecia leve e zonza. Sua visão rodopiava à medida que as luzes do outro lado do rio desfocavam.

— Calma aí — Rhia disse, agarrando seus braços. — Não desmaie. Precisamos enfaixar a sua ferida. Vamos, fique parado e me dê a sua mão.

Marius estendeu a mão para ela. Lá no fundo, ele ficou imaginando se ela a comeria como havia comido a criatura que estava dentro dele. Afinal de contas, sereias nunca foram leais aos humanos. A voz de sua mãe com certeza pensou no pior. Mas eles eram amigos. Apesar de todas as probabilidades, um garoto e uma sereia eram aliados. Ele tentou se lembrar disso em meio à névoa de medo e à perda de sangue.

— Mantenha a mão no alto, assim — Rhiannon disse enquanto erguia a mão dele no ar. — Vai ajudar com o sangramento.

Ela enfiou a mão no bolso dele e retirou a faca com um movimento casual. De repente, ele percebeu que ela sabia em qual bolso estava. Ela não vasculhou nem nada. Rhiannon levou a faca ao próprio cabelo e cortou uma longa mecha. Marius estendeu a mão dormente, enquanto ela enrolava o cabelo ao redor da ferida.

Na hora, a dor diminuiu e o sangramento parou. Demorou um pouco, mas Marius recuperou a maior parte de suas capacidades. Ele podia enxergar de novo, mais ou menos. De qualquer forma, ele não desmaiaria, e isso já era um progresso.

Marius examinou o curativo improvisado. Cabelos de sereia consistiam em fortes filamentos mantidos no lugar por uma espécie de camada fina de alga-marinha. O de Rhiannon era quase branco, e o curativo que ela havia feito brilhava iridescente à luz da lua.

— Obrigado, Rhia. Não sabia que cabelo de sereia podia fazer isso.

— Não é algo que gostamos de divulgar — ela disse, baixinho. — Caso contrário, caçadores nos matariam a torto e a direito. Nosso cabelo pode ser usado em qualquer ferimento. Quando terminar de usá-lo, enrole-o em uma espinha de peixe e ele se manterá fresco caso você precise dele de novo.

— Não sei o que eu teria feito se você não tivesse aparecido para ajudar — Marius disse com muito alívio na voz.

— Provavelmente morreria — Rhiannon disse com sinceridade.

Marius franziu o rosto e a encarou. Então se lembrou de que sereias não sabiam ser sutis. Não era como se Rhiannon pudesse praticar conversas com humanos. Ele era o único com quem podia conversar.

— Como você chegou aqui tão rápido? Pensei que seria pouco provável que você estivesse por perto.

— Eu segui você — ela disse.

— Como? Eu saltei túmulos. Eu estava em terra firme.

— Você tem um cheiro que eu conheço muito bem. Consigo sentir você a distância — ela respondeu.

— Eu tenho um *cheiro*? — ele perguntou.

Marius não tinha certeza de como deveria se sentir a respeito disso. Sem pensar muito, ergueu um dos braços e cheirou depressa. Fez uma nota mental imediata de aplicar desodorante assim que voltasse para casa.

— Sim, de terra e frutos do mar. É bom — ela respondeu.

— Ahnnn… obrigado?

— Por nada.

— De qualquer forma, fico feliz por você estar aqui — Marius disse.

— Somos amigos — ela comentou com um sorriso.

— Sim, somos. Queria poder ficar, mas tenho que levar este livro até o Habada-Chérie e receber a recompensa. A bruxa bu está controlada por ora, mas ela era poderosa. Não quero arriscar que ela fuja.

Rhiannon baixou a cabeça, obviamente chateada. Marius sentiu uma pontada de culpa. Ela veio até ali para ajudá-lo, e agora ele estava correndo outra vez.

— Podemos nos ver mais tarde, está bem? — ele disse.

— Podemos nos ver? — ela perguntou com uma expressão confusa.

— Sim. Como fazemos sempre. Para conversar e tal. Só me encontre no cais do cemitério. Estarei lá daqui a algumas horas.

Seus olhos verde-água se iluminaram de novo, e ela sorriu.

— Tá bem! Posso fazer isso.

— Não vou ter tempo de pescar um peixe para você — ele disse.

— Sem problemas. Já comi um jacaré no almoço e outro no jantar. Ainda estou cheia.

Marius imaginou por um momento Rhiannon lutando com um jacaré. Os dentes dele contra os dela. A pobre criatura não tinha a menor chance.

— Daqui duas horas — Marius avisou.

— Sim, estarei lá — Rhiannon disse. — Eu devo comer outra vez, só por precaução.

Ela se virou para nadar para longe quando Marius se lembrou de algo importante. Ele segurou a mão dela com a mão machucada. Por incrível que pareça, quase não doía mais.

— Espera. Quase me esqueci — ele disse, puxando o terceiro rosário do bolso. — Este é para você. Eu o abençoei hoje.

Ele tinha guardado o mais bonito para ela. Era feito de pequenas contas de jacarandá. Cada uma esculpida de forma intrincada para se parecer com um crânio e seladas com verniz. A cruz na parte inferior tinha o desenho de um peixe gravado em uma incrustação de metal. Tinha lhe custado cinco moedas místicas no Habada-Chérie.

O custo alto tinha valido a pena ao ver o rosto dela quando ele o estendeu para ela. Os olhos de Rhiannon brilharam à luz fraca ao observar o colar. Quando ela não conseguiu pegá-lo, Marius estendeu a mão e colocou o rosário ao redor de sua cabeça. Ele desceu até o pescoço.

— Isso vai manter você fora do radar de outros caçadores. É para proteção e camuflagem. Desde que você não mate nenhum humano, eles vão esquecer que você existe.

Rhiannon segurou o colar com a reverência de uma freira. Ela abriu e fechou a boca várias vezes antes que as palavras saíssem.

— Você é mesmo meu amigo — disse, baixinho.

— Claro que sou — ele disse. — Não quero que você se machuque. Você é a minha melhor amiga.

Marius não pretendia dizer isso. As palavras saíram sem ele perceber. Ele nunca havia pensado de verdade sobre o que eram um para o outro. Mas era verdade. Assim que as palavras saíram, sabia que estavam corretas. Sua melhor amiga no mundo inteiro era, de fato, uma sereia carnívora.

18

DEPOIS DE ERRAR VÁRIAS vezes o caminho em bairros desconhecidos e de saltar túmulos de forma criativa, Marius chegou ao Habada-Chérie. A perda de sangue o havia deixado atrapalhado, e ele voltou ao seu próprio cemitério algumas vezes. É claro que o fato de ter começado a chover não ajudou em nada.

Para chegar à loja, Marius teve que saltar túmulos até o Cemitério São Francisco de Sales. Costumava ser um lugar agradável o suficiente. Havia um mausoléu enorme que era climatizado e tudo mais. Comparado com sua pequena casa, parecia uma mansão.

O problema era que um furacão havia devastado a área meses atrás, derrubando a imensa claraboia. Ela ainda não tinha sido consertada, e a chuva caía pelo buraco aberto no telhado. O luar iluminava o local onde a água da chuva se acumulava no chão do mausoléu. A visão parecia sagrada, como se houvesse algo de divino a respeito da chuva caindo entre os mortos.

Marius não viu fantasmas e não sentiu nada de sagrado. Ele estava molhado e cansado. Ao passar pela luz da lua, se sentiu como um rato afogado.

Quando abriu a porta do Habada-Chérie, ele mal estava se mantendo em pé. Suas roupas estavam encharcadas, e ele estava coberto de terra de túmulo. Madame Boudreaux o viu e logo mostrou a língua de desgosto.

— De onde foi que você saiu? Está parecendo um vômito de gato.

Marius não respondeu. Ele apenas passou por ela e foi em direção à sala de Papa Harold.

— Ei, garoto nojento! Você não pode deixar esse rastro de sujeira aqui, não! — ela gritou.

Toda a atenção de Marius estava voltada à sua frente. Ele focou em chegar à sala dos fundos, receber o pagamento e ir para casa. Quanto mais cedo finalizasse seus negócios, mais cedo estaria flutuando em seu pequeno barco, ouvindo Rhiannon cantar uma canção de ninar para ele. Até os seus ossos se sentiam cansados.

Por sorte, Papa Harold estava sentado na sala dos fundos. Ele lia um livro com imagens estranhas na capa, o qual ele logo fechou e escondeu quando

Marius se aproximou. Ele olhou para Marius, boquiaberto, tentando entender o que havia acontecido com o garoto.

— Mas que raios aconteceu com você? — ele perguntou.

— Não era uma doceira — Marius respondeu, com clareza.

Papa Harold o encarou por um momento. Ele percebeu o estado em que Marius estava e gesticulou para que ele se sentasse. Marius se sentou sem dizer uma palavra.

— Me deixe buscar uma toalha para você — Papa Harold disse, devagar.

O homem alto desapareceu e voltou com uma toalha. Marius não tinha certeza de quanto tempo demorou. O tempo passava de uma forma tão estranha quando ele estava tão cansado assim. Tudo o que ele sabia era que havia demorado o suficiente para ensopar a almofada embaixo dele.

Papa Harold colocou a toalha em volta dele com cuidado, e Marius a apertou com força ao redor dos ombros. O ar-condicionado em sua pele molhada o fazia tremer.

— Como assim não era uma doceira? — Papa Harold perguntou.

— Não era. Aqui, veja você mesmo — ele disse, lançando o livro sobre a mesa com um *baque* alto.

O livro ainda saltava um pouco e vibrava quando sua mão se aproximava. Por um instante, Marius estava preocupado que ainda pudesse haver algum vestígio de bruxa bu em sua mão. Talvez Rhiannon tivesse deixado escapar um pedacinho. Felizmente, o livro não se abriu.

Marius se sentiu um pouco apreensivo agora que estava encarando Papa Harold. Ele era uma pessoa legal, mas o cabelo de sereia ainda estava enrolado com firmeza em torno de sua mão. Ele o escondeu com um pedaço de tecido rasgado de sua camiseta. Quando Papa Harold olhou para ela, Marius a puxou para baixo da mesa.

Não deixe que ele coloque as mãos nisso. É pedir para se meter em encrenca.

Por sorte, o lojista não bisbilhotou mais, embora seus olhos continuassem se voltando para a mão de Marius. Ele apenas pegou a balança e o livro.

— Quer me dizer o que era, então? — ele perguntou.

— Uma bruxa bu — Marius respondeu, baixinho.

— Como é? Não. Não pode ser. Toda a minha investigação e relatórios apontavam para uma doceira.

— Bom, não era. Era uma bruxa bu fingindo ser uma doceira. Ela até distribuiu doces e tudo mais. Eu a vi sair da pele de uma doceira antes de sugar a vida de um garotinho — Marius comentou.

Ele pensou um instante na pele que havia ficado para trás. Não conseguia se lembrar se ela ainda estava lá quando ele foi embora ou se havia sido sugada para dentro do livro também. Muitas coisas estavam acontecendo ao mesmo tempo.

A expressão de Papa Harold mudou de descrença para medo. Seus olhos examinaram Marius.

— Nunca ouvi falar de uma bruxa bu fingindo ser uma doceira.

— Nem eu, mas é verdade — Marius disse.

— O garoto… está… morto? — Papa Harold perguntou num sussurro.

— Não. Eu o salvei — ele respondeu.

— Ainda bem que você estava lá, então.

— Eu não estaria. Não teria aceitado esse trabalho se soubesse — ele disse.

— Peço desculpas, jovem Grey. Todas as minhas informações diziam que era uma doceira. Eu nunca mentiria para você sobre isso. Eu ofereço os trabalhos, e esse erro é meu. Para mim, você é um grande herói.

— Podemos só pesar isso aí? Quero ir para casa — ele disse, encarando a balança.

— É claro.

Eles passaram pela rotina de sempre. Papa Harold colocou o livro no prato achatado. Moveu os pesos de metal para lá e para cá. Uma vez que o peso apropriado havia sido medido, a moeda de cobre brilhou com intensidade. Se transformou em uma moeda mística totalmente formada. O número cem apareceu impresso no topo.

— Foi um belo dia de pagamento — o lojista disse.

— Sim — Marius disse, dando um longo suspiro. — Quase me matou, mas foi.

— Bom, deve haver alguém cuidando de você — Papa Harold disse.

Marius sorriu por dentro. Ah, se ele soubesse quem estava tomando conta dele. Era muito engraçado que o anjo da guarda de Marius fosse, na verdade, um monstro carnívoro na forma de uma sereia de treze anos.

— Sabe, já que você está subindo de nível, eu ainda tenho aquele rougarou nos pântanos — Papa Harold disse casualmente.

— Você só pode estar brincando — Marius disse.

Ele nunca conseguia compreender por completo aquele homem. Num minuto parecia preocupado com o bem-estar de Marius. No outro, estava sugerindo missões perigosas que poderiam matá-lo.

— Não me olhe assim. Você deu conta da bruxa. Talvez você esteja pronto para coisas maiores e mais assustadoras.

— Eu quase morri! — ele exclamou, soando mais histérico do que tinha previsto.

— Mas não morreu, Marius. Olha, não estou aqui para dizer a você o que fazer. Só vou contar o que sei — Papa Harold disse, arregaçando as mangas da camisa. — Não sei para o que você está economizando, mas está guardando para algo grande. Eu vejo você aqui com pequenas recompensas desde que a sua mãe faleceu, que Deus a tenha. Um rougarou é um grande prêmio. Muito maior do que uma dúzia de bichos-papões, no mínimo. Se você quiser o trabalho, eu posso te dar.

Marius o encarou por um longo momento, sem saber o que dizer. Ele segurou o livro em uma das mãos e a nova moeda mística na outra. Felizmente, o livro não zumbia mais com a energia da bruxa bu. Sua força vital havia desaparecido. Ela não podia machucar mais ninguém.

— É a minha fé nas suas habilidades que está falando — Papa Harold disse quando ficou claro que Marius não iria responder. — Você não tem que fazer isso, mas a oferta está de pé.

— Obrigado, mas vou recusar — ele respondeu.

— É um direito seu. Agora, vá para casa, jovem sr. Grey. Você parece muito cansado. Há uma quantidade absurda de jambalaia na cozinha. Sirva-se, mas devolva a tigela de Madame Boudreaux dessa vez. Ela quase me esfolou vivo.

Marius agradeceu a ele e deixou a sala. Meio que esperava ver Madame Boudreaux aguardando do outro lado da porta com uma colher de madeira ou algo do tipo para lhe bater. Por sorte, não havia ninguém. Apenas um corredor vazio que levava a uma cozinha vazia, que levava a uma noite vazia.

Ele se serviu de duas grandes porções de jambalaia. Uma para ele e uma para Rhiannon. Embora estivesse exausto, o mínimo que ele podia fazer era oferecer à sua salvadora uma refeição decente. Comendo dois jacarés ou não, Rhiannon estava sempre com fome.

19

DOIS DIAS DEPOIS, A casa de Madame Millet surgiu à sua frente. Ele não queria estar ali, e a julgar pelos gatos que sibilavam, eles também não o queriam ali. Se Marius já não tivesse perdido uma quantidade absurda de aulas, teria ficado em casa.

Havia uma linha tênue entre faltar à aula e matar aula. Faltar à aula podia ser justificado com tarefas ou uma doença. Matar aula era um convite para Madame Millet lhe fazer uma visita. Uma sacerdotisa bisbilhotando suas coisas era a última coisa que ele queria. E se ela encontrasse o feitiço? E se ela visse Rhiannon?

Marius se arrastou até a porta, tentando esconder que estava mancando. Ele não estava tão atrasado. Talvez apenas alguns minutos. Antes que ele pudesse abrir a porta, ela foi escancarada, revelando um rosto familiar e indesejável.

— Você está atrasado de novo — Mildred disse, bloqueando o caminho.

Marius teve que parar de forma abrupta para não trombar com ela. Mildred cruzou os braços. Lá estava aquele seu sorriso cruel outra vez. Marius tinha quase certeza de que ela vivia para atormentá-lo.

— Não estou a fim, Mildred. Me deixa passar.

— Mas eu tenho algo para você — ela disse.

— O que você poderia ter para mim?

Com um movimento rápido, Mildred soprou uma pitada de pó em seu rosto. Era difícil dizer exatamente o que era, mas cheirava a talco, madressilva e glitter. Ela soltou uma risadinha, enquanto ele dava um passo para trás. Suas palavras saíram em uma voz cantada.

— Fada assustadora, galinha e vaca. Nossa Mary não parece muito fraca?

De repente, Marius se sentiu exausto. Era aquele tipo de exaustão que se sente até os ossos. Ele tinha se sentido muito cansado ultimamente, mas isso o atingiu com mais força. Era como se uma névoa densa encobrisse sua mente. Por sorte, ele tinha recursos suficientes para reconhecer um feitiço superficial quando ouvia um.

Ele enfiou a mão no bolso superior esquerdo e tirou um punhado de pó de tijolo. Mas não qualquer pó. O pó de tijolo de Marius era o melhor, porque ele o retirava de seu próprio cemitério. E o misturava com um pouco de terra de cemitério para aumentar a potência.

Pó de tijolo de cemitério era forte o suficiente para quebrar a maioria dos feitiços e machucar a maioria dos monstros. Mildred não era, tecnicamente, um monstro, mas o pó ainda serviria aos seus propósitos.

Marius jogou o pó de tijolo nos olhos da garota, e ela se jogou para trás com um gritinho. Ela segurou o próprio rosto. No mesmo instante, o feitiço do sono se dissipou, e ele pôde ver com clareza. Mildred cobria os olhos com as mãos, cuspindo pó no chão.

— Como você ousa?

— Ninguém nunca te disse para não brincar com magia de fadas? — Marius perguntou com uma risada. — Elas são criaturas tão instáveis.

Ele passou por ela. Mildred grunhiu e golpeou o ar às cegas no local onde ele deveria estar. Ela estava irritada e bufava como uma fera. Marius assobiou uma melodia quando passou por ela e se dirigiu para a sala de aula.

Ele se sentou à mesa antes do início da aula. Mildred chegou logo depois, esfregando os olhos e fazendo beiço. Marius sabia que ela não o entregaria. Se fizesse isso, teria que explicar o feitiço de fada. E sua mãe não era muito fã desse tipo de magia. Era volátil demais.

Madame Millet se posicionou na frente da sala com um sorriso largo no rosto. A bronca que Marius esperava nunca aconteceu. Ela mal o notou. Ele respirou aliviado.

— Bem-vinda, turma! — Madame Millet disse, animada. — Hoje vamos falar sobre algumas interseções históricas.

Marius revirou os olhos. Então era por isso que ela estava tão feliz, pensou ele. Madame Millet simplesmente adorava falar sobre história.

— O que eu quero dizer quando digo interseções?

Três mãos se ergueram. Não era nenhuma surpresa que elas pertencessem aos trigêmeos. Antes que Madame Millet tivesse a chance de chamar alguém, os três começaram a falar ao mesmo tempo.

— Uma interseção é quando a história humana e a história mágica...

— Para! Eu já sei! É quando elas se sobrepõem...

— Eu posso explicar melhor! As duas histórias se afetam!

Os olhos de Madame Millet se arregalaram enquanto ela esperava até que o trio parasse de se acotovelar e provocar um ao outro. Quando as coisas se acalmaram, ela continuou:

— Isso está mais ou menos correto. Mas na próxima vez, esperem até que eu chame vocês.

— Desculpa, Madame Millet — os três disseram em uníssono.

Ela pegou um livro na mesa atrás dela. Havia vários marcadores nas páginas. Madame Millet abriu no primeiro.

— Vamos começar com a Revolução Francesa de 1789. Alguém pode me dizer qual evento mágico realmente desencadeou esse conflito?

— A Grande Guerra do Trigo dos Gnomos! — Shirley e Ramona disseram juntas. Elas nem se deram ao trabalho de levantar as mãos.

A professora suspirou e balançou a cabeça.

— Está correto. Bom, na maior parte. Os gnomos a chamam de a Grande *Disputa* do Trigo dos Gnomos. Eles acham que a palavra *guerra* é um pouco agressiva demais. O que é irônico, porque o envenenamento do trigo um do outro levou a uma grande fome, o que desencadeou a Revolução Francesa. Esse foi um período *muito* agressivo da história.

Shirley e Ramona se afundaram em seus assentos, abatidas pelo erro.

— Outra pergunta. A Revolta dos Feiticeiros Mongóis de 1195 levou qual pessoa famosa ao poder no mundo normal?

— Genghis Khan! — Ethan respondeu.

— Correto. Khan foi, na verdade, o único feiticeiro a sobreviver depois da revolta. Ele usou a alma de seus companheiros abatidos para prolongar sua vida e vitalidade. Na verdade, ele está vivo até hoje. O imperador Lizong da Dinastia Song na China prendeu Genghis Khan dentro de uma estátua. Ela está murada em uma câmara secreta dentro da Grande Muralha da China.

A aula foi interrompida pela repentina invasão da sra. Pine. Ela irrompeu sala adentro toda desarrumada. Estava descabelada e seus olhos, avermelhados. De alguma forma, ela havia conseguido perder ainda mais peso desde a última vez que Marius a tinha visto.

Todos olharam para ela, e de repente, ela pareceu muito consciente de sua aparência. Ela fungou e cobriu o rosto com um lenço.

— Charlotte? Você está bem? — Madame Millet perguntou. A sra. Pine balançou a cabeça. Seus olhos se estreitaram de uma maneira dolorosa.

Madame Millet abraçou a sra. Pine e a levou para fora da sala. A professora de matemática começou a soluçar e choramingar. Suas palavras foram altas o bastante para serem ouvidas antes que elas entrassem no escritório de Madame Millet.

— Eu fiz aquilo, Madge. Tive que fazer. Os médicos disseram que nada mais podia ser feito.

— O que foi? O que você fez?

— Não posso dizer. Ele disse que eu não podia…

Suas vozes diminuíram, deixando a sala sinistramente quieta e silenciosa. Marius continuou em sua cadeira, pensando no terror na voz da sra. Pine. Parece que o jogo tinha virado agora. Era a sua vez de sentir pena dela.

20

OS DIAS SE ACALMARAM por um breve período. Marius ficou uma semana inteira sem caçar monstros. Foi uma semana em que ele chegou à escola no horário. Uma semana em que ele descansou bem. Além disso, foi uma semana em que ninguém viu a sra. Pine.

Marius passava seu tempo fora da escola, trabalhando no cemitério ou conversando com Hugo. Os cortes profundos em sua mão começaram a se curar. Ele cuidou dos fantasmas, levando-os para jantar todas as noites, como um bom zelador deveria fazer. Até mesmo o fantasma do padre Clifford diminuiu a quantidade de reclamações noturnas.

Embora as coisas estivessem se acalmando no cemitério, Marius ainda não conseguia dormir em sua cama no mausoléu dos Greystone. Ele o visitava durante o dia para deixar suprimentos ou mantimentos que estragariam fora da geladeira. Cada visita terminava com a marcação dos mesmos três X no túmulo de sua mãe, mas ele nunca ficava para dormir. Era muito... vazio e frio lá dentro.

Em vez disso, ele preferia levar um travesseiro e um cobertor para o barco fora do cemitério. Todas as noites, Marius ancorava no meio do riacho, e todas as noites, Rhiannon vinha visitá-lo. Eles conversavam e riam. Quando Marius começava a adormecer, ela se agarrava à parte de baixo do barco e cantava uma canção para ajudá-lo a dormir.

Às vezes, ele conseguia pescar um peixe para ela durante o dia. Outras vezes, pedia por algumas partes de peixe da cozinha de Mama Roux. Marius sabia que a sereia era capaz de tomar conta de si mesma, mas oferecer algo a ela o fazia se sentir melhor.

Marius se sentia feliz pela primeira vez em muito tempo. Ele estava cem moedas místicas mais próximo do preço do feitiço, e as coisas estavam melhorando. Isso significava que estava a cerca de cinquenta por cento do seu objetivo. Se capturasse mais alguns bichos-papões ou uma doceira de verdade, isso seria mais do que o suficiente. Talvez uma dúzia de poltergeists, mas esses eram fáceis.

Ele precisava dormir e comer. Seu corpo gritava para que ele desacelerasse, então o caçador de monstros enfim decidiu ouvi-lo.

O estômago de Marius estava cheio, e seus dias eram preenchidos com um propósito. Ele tinha sonhos gentis em vez de pesadelos enquanto dormia no barco. As conversas com Rhiannon e Hugo se distanciavam de monstros e se dirigiam para outros assuntos. Assuntos mais agradáveis. Os que não envolviam sangue e garras.

É óbvio que, como todas as outras coisas, a felicidade chega ao fim.

Na quinta-feira à noite, ele guiou seu bando de fantasmas colina acima até a Cozinha Cajun de Mama Roux. Nada estava fora do normal. As viúvas fofocavam, o padre Clifford reclamava disso e daquilo, e Hugo saltitava, conversando, animado. Pelo visto, Mama Roux havia comprado um novo conjunto de comida falsa. Havia uvas e cenouras de cera agora.

O crânio com os três *X* estava esculpido de maneira discreta no batente da porta dos fundos do restaurante. Marius o tocou para dar sorte. Em seguida, se sentou em sua mesa favorita e deixou Mama Roux fazer um cafuné em seu cabelo enquanto ela falava.

— Ah, *petit*, o que eu não faria para aparar essa bagunça. Você é lindo, mas pense em como você ficaria se a gente cortasse um pouquinho aqui em cima.

— Talvez mais tarde, Mama Roux — ele disse com um sorriso.

— Uma cestinha de camarão pra você de novo? — ela perguntou.

— Sim, senhora. Por favor.

— Já trago. Você finalmente tá encorpando. Estou gostando do que estou vendo.

Mama Roux se afastou, pedindo uma cestinha de camarão para a cozinha enquanto andava. Marius pegou sua Coca-Cola e tomou metade num gole só. Aquele tinha sido um dia quente. Ele estava se sentindo muito alegre até avistar Rex, o demônio de encruzilhada.

Rex se encostou em um canto, observando uma mulher que andava de um lado para outro pelas janelas do restaurante. Ele mastigava um palito de dente enquanto a observava. Seus olhos se estreitaram e um sorriso se abriu em seu rosto. A mulher não podia vê-lo, mas ele a acompanhava como se ela fosse uma presa.

Marius reconheceu a pobre alma que havia tentado pagar o demônio com dinheiro em espécie. A mulher se mexia para lá e para cá, um pouco sem rumo. Ela se dirigia para a porta do restaurante, e então dava meia-volta. Era como se ela não conseguisse se decidir. Entraria ou iria embora?

Marius a observou. Ela era magra, magra demais para ser saudável. Sua pele escura ficava quase cinza à luz da lua cheia. Tinha olheiras profundas debaixo dos olhos. Foram os olhos que chamaram sua atenção. Aqueles olhos grandes e escuros. Eles o fizeram se lembrar de Henry, o garotinho que a bruxa bu quase havia matado. Ela poderia muito bem ser a mãe dele com uma semelhança assim.

De repente, ele se deu conta. Quando ela ficou sob a luz e o lenço que cobria a cabeça caiu, ele teve uma visão melhor. *Como ele não a tinha reconhecido antes?*, ficou se perguntando. O andar agitado e o corpo magro. Era a sra. Pine.

— Aqui está a sua comida, *petit* — Mama Roux disse, colocando uma cestinha de delícias fritas diante dele.

— O que aquela mulher está fazendo aqui? — Marius perguntou, apontando para a sra. Pine.

— Aquela? Ah… — Mama Roux parou de falar por um instante enquanto olhava de Rex para a mulher. — Aquela é uma das… pessoas do demônio. Lembra? Ela tentou comprar a própria liberdade com dinheiro normal.

— Você sabe a história dela? — Marius perguntou.

— Ela veio aqui há pouco tempo. Não me lembro em que dia. Vendeu a alma para o Rex — Mama Roux disse, baixinho. — Você sabe como funciona.

— Por que você não a impediu?

— Este lugar é neutro. Não posso policiar o que as pessoas querem fazer. É uma das razões pelas quais recebemos ajuda dos Altos Místicos.

— Mas e se *ela* estiver precisando de ajuda? — Marius perguntou.

Seus olhos se fixaram na mulher que andava de um lado para o outro. Não era a irritada sra. Pine com a qual ele estava acostumado. Não era a mulher que fazia barulho ao pisar e batia com régua que ele conhecia. Aquela mulher estava curvada de medo. Ela parecia ainda mais desesperada do que esteve na escola, e a isso se somava um terror absoluto.

— Eu tentei falar com ela, criança. Ela fez um acordo. Ela queria que os filhos dela ficassem bem — Mama Roux explicou com um suspiro pesado. — Ela vendeu a alma porque um deles estava muito doente. Os médicos já tinham desistido deles. Agora ela está aqui para pagar a dívida.

— Os filhos dela vão ficar bem?

— Espero que sim, *petit*. Esse é o problema com demônios de encruzilhadas. Eles se alimentam do desespero das pessoas, mas eles que mandam nos contratos. Conhecem as letras miúdas. Se ele pegar a alma dela, então tem que curar a criança. Mas todos eles significam encrenca. Vão distorcer o que for necessário para fazer você pagar mais cedo ou para tornar as coisas mais difíceis para você. Sua mãe descobriu isso da pior maneira.

Uma raiva quente e borbulhante cresceu dentro de Marius. Ela irrompeu de uma forma tão contínua que o levantou de seu assento. O mundo se transformou em tons de preto e vermelho. Ele estava caminhando na direção do demônio sorridente antes mesmo de se dar conta de que suas pernas estavam se movendo.

Não é o mesmo, filho. Não foi ele que veio atrás de mim.

— Não importa, mãe. É errado — Marius disse.

Isso só traz problemas.

— Não ligo.

Ele percorreu a distância em segundos. Pareceram apenas alguns passos, mas poderiam ter sido até cinquenta. Por alguma razão, o tempo e o espaço deixaram de fazer sentido.

— Deixe-a ir — Marius disse num rosnado baixo.

— O que temos aqui? O caçadorzinho? — Rex perguntou, se virando para Marius.

— Deixe aquela mulher ir. Liberte-a do contrato.

— E por que diabos eu faria isso? — Rex perguntou, soando mais entretido do que qualquer outra coisa.

— Porque o filho dela estava doente. Ela não deveria perder a alma por isso.

— Como você é doce, Marius Grey. Mas não do tipo bom, veja bem. Não, acho que você é mais como aqueles doces que causam cárie nas pessoas. Se afaste de mim, garoto-cárie — Rex disse, enxotando Marius com um gesto desdenhoso.

Marius encarou o demônio e depois se voltou para o lado de fora. A sra. Pine tinha chegado à porta do restaurante. Sua mão tremia quando ela alcançou a maçaneta. Novas lágrimas escorriam por suas bochechas.

Ele pensou em sua mãe. Imaginou-a tendo que fazer o acordo. Será que ela tremeu e chorou? Implorou por sua vida? Ou o demônio só atirou o carro dela para fora da estrada antes que ela percebesse a diferença?

Naquele momento, ele não viu a professora que sempre gritava com ele. Ele viu uma mãe. Uma mãe assustada que tinha filhos que nunca mais a veriam.

— Vou pagar a dívida dela — Marius disse.

— Que fofo, garoto. Com o quê? — Rex perguntou, fazendo contato visual. — Não aceito tampas de garrafa, nem jujubas, ou seja lá o que crianças humanas usem para negociar.

Tome cuidado, Marius. Olhar nos olhos de um demônio é como mergulhar numa loucura em brasa. Não passe muito tempo fazendo isso ou você vai enlouquecer.

Era muito desconcertante olhar nos olhos de Rex. Marius entendeu o que sua mãe quis dizer. Olhar para o demônio provocava sensações estranhas. Ele podia ver fogo e sentir o cheiro e o gosto de enxofre no fundo da garganta. Rex não tinha sido o algoz de sua mãe, mas Marius imaginou que deveria ser a mesma coisa com todos os demônios de encruzilhada. Era uma visão horrível demais para se acostumar.

Marius reuniu sua coragem e enfiou a mão no bolso. Lá estava a moeda de cem místicos. Parecia gelada em seus dedos. Pensando na última semana, Marius não sabia dizer por que não havia depositado a moeda com as outras no cofre. Ele tinha pensado nisso muitas vezes enquanto capinava o cemitério ou conversava com Rhiannon. Alguma coisa sempre acontecia, e ele não tinha guardado a moeda. Agora ele se perguntava se era esse o motivo.

Com uma confiança renovada, Marius bateu com a moeda mística sobre a mesa. Rex pareceu mesmo surpreso. Era difícil chocar um demônio, mas as sobrancelhas de Rex se ergueram quase até a linha do cabelo. Um sorriso grosseiro se espalhou pelo seu rosto quando ele pegou a moeda e a examinou.

— Onde você conseguiu isto, caçadorzinho? Seguindo os passos da sua mãe?

— Não importa. Isso pagará a dívida dela? — Marius perguntou.

— Sim, pagará — Rex respondeu. Suas palavras saíram suaves e escorregadias. — Tem certeza, caçadorzinho? O que essa mulher é para você?

— Só pegue a moeda e a deixe ir — Marius pediu.

Sua voz estava profunda e áspera. Marius mal a reconheceu.

Rex conseguiu sorrir ainda mais, como se toda essa conversa de vida e morte fosse incrivelmente divertida. Foi só nesse momento que Marius percebeu o silêncio no restaurante. A maioria das conversas tinha cessado. Até mesmo os humanos que nada sabiam do outro mundo haviam parado de conversar.

— Tudo bem, jovem Marius. A dívida dela está paga por completo. Ela pode manter a alma — Rex disse. — Foi um prazer fazer negócios com você. Me ligue se algum dia quiser seguir os outros passos da sua mãe.

O demônio colocou a moeda mística no bolso. Com um aceno seu, a porta se abriu, convidando a sra. Pine para entrar no local. Ela entrou com a mandíbula cerrada e os punhos fechados ao lado do corpo. Marius se afastou do demônio e correu de volta para a sua mesa. Ele escondeu o rosto atrás de um dos cardápios plastificados de Mama Roux que pareciam estar sempre grudentos por alguma razão. Sua professora não o notou.

— Eu... estou aqui — ela disse ao demônio.

— Parece que sua viagem até aqui foi desnecessária — ele disse com tranquilidade.

— Como... assim?

— Sua dívida foi paga.

Todo o seu corpo relaxou, e ela recuperou um pouco da cor no rosto outra vez.

— Foi? Como? Quem pagou?

Rex lançou um olhar rápido em direção a Marius. Ele se abaixou ainda mais atrás do cardápio. A sra. Pine ainda estava boquiaberta, encarando o demônio, sem saber que Marius estava tão perto. Rex abriu a boca para dizer mais alguma coisa, mas foi logo interrompido por Mama Roux.

— Olá, querida. Posso arranjar algo para você comer? — ela perguntou à sra. Pine. — Você parece faminta. Um vento mais forte pode levar você embora.

— Eu... hã, não, obrigada. Não estou aqui para comer.

— Então por que está aqui? — Mama Roux perguntou. Ela olhou fundo nos olhos da sra. Pine, atraindo toda a atenção da professora. — Se não está aqui pra comer, então é melhor correr pra casa para tomar conta daquele seu bebezinho lindo. É melhor não fazer certas perguntas neste tipo de lugar.

— Sim — ela disse com os lábios dormentes. — Acho que vou fazer isso. — A sra. Pine se virou e se apressou para fora do restaurante. Marius a observou desaparecer quando a porta se fechou entre eles. A próxima coisa que ele viu foi Mama Roux de pé ao lado de sua mesa. Não havia como se esconder dela.

— Marius Grey, onde diabos você arrumou tanto dinheiro? — ela perguntou, torcendo as mãos.

Ele não respondeu. Havia muita raiva nele. Quaisquer palavras que saíssem seriam más, e Mama Roux não merecia isso. Marius apenas balançou a cabeça.

— Estou esperando uma explicação, meu jovem — ela disse.

— Vou dar. Mas não hoje — ele disse entre os dentes. — Por favor, Mama Roux. Hoje não.

Marius se preparou para algo mais. Importunação, gritaria, ameaças de lhe negar comida. Ele se preparou baixando a cabeça e entrelaçando os dedos no cabelo.

Para sua surpresa, isso não aconteceu. Várias respirações profundas foram trocadas entre eles, enquanto a grande mulher decidia o que fazer. No fim, Mama Roux concordou e deu um tapinha em seu ombro.

— Espero que você me conte logo.

— Pode deixar — ele respondeu, incapaz de olhá-la nos olhos.

— Você é um bom garoto, Marius Grey.

Ela o deixou ali sem dizer outra palavra.

21

— **POR QUE VOCÊ** deu o seu dinheiro? — Rhiannon perguntou num tom monótono. Ela se segurava na borda do barco, ouvindo a história dele. — Você nem gosta dela.

— Não é essa a questão. Ela seria enviada para o inferno.

— Ela fez o acordo, não fez? Ela sabia...

— Não importa! — Marius gritou.

Rhiannon se encolheu um pouco, balançando a cabeça sob a superfície da água. Quando ela retornou, parecia mais irritada do que assustada. Marius suspirou fundo e contou até dez de trás para a frente.

— Me desculpa — ele disse.

— Não é minha culpa — ela comentou. Um pequeno biquinho se formou em seus lábios.

— Eu sei que não é.

— Vocês humanos são tão estranhos às vezes. Por que você ajudaria alguém de quem não gosta? Com a gente, é simples. Ou você ama alguém ou você come alguém. Não existem todas essas outras coisas estranhas.

— Outras coisas estranhas?

— Sim, esses meios-termos. É estúpido.

— Eu só... eu só precisava ajudá-la, mas era muito dinheiro. Nesse ritmo, nunca vou conseguir guardar o suficiente a tempo. A marca de dois anos está quase no fim. Eu tenho cinco dias.

— De quanto você precisa?

— Cento e cinquenta agora — ele disse, derrotado. — Estou economizando desde que ela morreu.

— Bom, há sempre o rougarou. Papa Harold não disse que tinha uma recompensa por um no pântano?

— Sim, isso me ajudaria demais. Um rougarou valeria muito mais do que uma bruxa bu. Talvez mais do que vinte bichos-papões.

Marius estremeceu por dentro. Embora a noite estivesse quente e úmida, ele sentia frio por todo o corpo. Velhas histórias de caçadores mutilados surgiram em sua mente. Nada além de alguns dentes e fezes de animais para identificar um corpo. Sua mãe o assustou de verdade ao contar essas histórias quando ele era criança.

Rougarous eram bestas do pântano. Animais terrestres e aquáticos. Os relatos de sobreviventes variavam, mas algumas coisas se alinhavam. Um rougarou tinha a cabeça e as garras de um lobo e, às vezes, a cauda e o couro duro de um jacaré. Muitas vezes era descrito como uma espécie de lobisomem, enorme e aterrorizante. É claro, lobisomens eram coisas ridiculamente inventadas, assim como vampiros. Fantasias tolas de humanos, mas rougarous com certeza desempenhavam um papel nas lendas de lobisomens.

A ideia de ir atrás de um rougarou fez Marius suar frio. Era muito desconcertante tremer e suar ao mesmo tempo. Ele estava tão concentrado nos próprios pensamentos que não ouviu Rhiannon falando até que ela tocou sua mão.

— Marius, você está ouvindo? — ela perguntou, olhando em seus olhos.

— Foi mal, estava lá na lua.

— Mas você não saiu daqui — ela disse.

— É um ditado humano. Significa que eu estava pensando demais... sobre o rougarou.

— Tem certeza de que quer caçá-lo? Quer dizer, você pode voltar a caçar bichos-papões e outras coisas menores. É mais seguro — ela disse.

— Tenho caçado coisas menores há dois anos, Rhia, e ainda estou muito longe do que preciso. Levaria mais dois anos para chegar lá. Acho que tenho que fazer isso.

— Tem certeza? — ela perguntou, levantando uma das sobrancelhas de forma cética.

— Preciso ir atrás do rougarou para conseguir o dinheiro de uma só vez. Só não sei como encontrá-lo.

— Acho que posso ajudar com isso — ela disse. — Conheço uma família de fifolets que vive por perto. Um clã inteiro deles, na verdade. Aposto que se você conseguir que eles te ajudem, eles te levarão até o rougarou.

— Ah, Rhia, eu sei muito bem que não devo seguir um fifolet. Eles amam ficar perto de pontos de pesca e enganar os pescadores. É o passatempo deles. Fazer com que as pessoas se percam. Como eles poderiam ajudar a gente?

— Se você oferecer um presente para eles, eles te levarão aonde você quiser.

— Qual presente? Não posso me dar ao luxo de perder mais dinheiro.

— Eles não querem dinheiro. Gostam de água virgem. Você sabe, água que não tocou a terra ou um cano.

— Mas eu não tenho água virgem. Não chove há semanas, então não coletei nada — Marius disse.

— Bom, aposto que você conhece alguém que tenha — Rhia comentou, erguendo as sobrancelhas.

— Ah, não. Não, não posso — Marius disse.

— Você sabe que ela deve ter um pouco — Rhia disse.

— Madame Millet não abre mão de seus ingredientes por nada. Ela não os vende nem troca. Todo mundo sabe disso — Marius disse.

Rhiannon baixou a cabeça até a água. Ela ainda se segurava com as unhas afiadas, mas seu rosto afundou até o nariz. Quando ela olhou para Marius com seus olhos grandes, pareceu quase inocente. Rhiannon ergueu a cabeça apenas o suficiente para falar.

— Você poderia roubar a água virgem — Rhiannon comentou.

Ela conseguiu esboçar um sorriso tímido ao falar.

— E como eu faria isso? A casa está sempre cheia de gente. O estoque pessoal dela fica no escritório trancado a sete chaves. Só Madame Millet tem a cópia da chave. Sem contar que Mildred fica espreitando aquele lugar como se fosse o próprio castelo pessoal dela.

— Posso fazer uma chave para você — Rhiannon disse.

— Pode? Como?

A sereia estendeu o braço com o pulso delicado virado para cima. Rhiannon se concentrou na própria pele. Ele não sabia dizer o que ela estava tentando fazer. Marius se aproximou para ver melhor, mas ela ergueu um dedo para impedi-lo.

— Não tão perto — ela pediu.

— Por quê?

Assim que ele perguntou, um longo espinho surgiu do pulso de Rhiannon. Ele se projetava a cerca de quinze centímetros da palma de sua mão. Marius quase pulou na água. Ele não sabia que sereias tinham farpas dentro dos braços. Se esticou como uma pequena lança.

— Ele não vai te morder, humano bobo — Rhiannon disse, rindo sozinha. — Pegue a sua faca.

Marius obedeceu. Ele puxou a faca de filé e inspecionou o espinho. Era da cor das unhas afiadas dela. Preto no topo e da cor de ossos por baixo. Ele estendeu um dedo e pressionou o local onde a pele encontrava a farpa. Ele a sentia abaixo do músculo até o esqueleto.

— É bom para pegar peixes — ela disse, respondendo à pergunta não feita. — Também é bom para destrancar coisas. Você ficaria surpreso com quantas portas precisamos destrancar.

Visões de baús de tesouro afundados e naufrágios abandonados encheram sua cabeça, mas ele não tinha o estado de espírito para falar sobre isso naquele momento. Ele fez uma nota mental para perguntar sobre isso mais tarde.

— Então, posso usá-lo para abrir a porta? — Marius perguntou.

— Sim. Apenas corte a ponta com a faca. Você pode usá-la para abrir a porta dela. Essas coisas abrem praticamente qualquer fechadura.

— Mas eu não quero machucar você — ele disse.

— Não machuca. É como cortar uma unha. Cresce de novo.

— Tem certeza de que não vou te machucar?

— Só corte por baixo assim — Rhiannon disse, colocando a ponta da lâmina sob a farpa e longe da pele.

Alguns cortes rápidos e Marius era o orgulhoso proprietário de uma farpa de sereia de sete centímetros. A chave-mestra da natureza. Outro segredo que a maioria dos caçadores de monstros não conhecia.

— Agora tudo o que eu preciso é dar um jeito de entrar na sala sem que ela esteja lá.

— Você vai precisar de ajuda. De uma distração — ela disse.

— Uma pena que você não pode me ajudar lá — ele comentou.

Rhiannon franziu a testa ao se concentrar. Marius havia feito de tudo para manter a sereia longe do radar de todos. Ela não podia nem chegar perto da costa.

— Que tal um fantasma? — ela perguntou.

— Fantasmas não podem sair durante o dia. E esse precisaria ser um trabalho diurno. À noite é quando Madame Millet dá festas e lê tarô. Não daria certo.

— Bom, estou sem ideias. Você precisa de um amigo diurno que possa ir com você.

Marius pensou em seus amigos diurnos. Seu estômago afundou quando ele se deu conta de que não tinha nenhum. Antoine teria sido uma possibilidade, mas depois do aperto de mão, aquela ideia estava descartada.

Houve uma leve risadinha no vento. Parecia alguém abafando uma risada. Quando ele olhou ao redor, viu Hugo espiando atrás de uma árvore. Ele estava espionando. Assim que Marius viu Hugo de relance, o lutin desapareceu.

Um sorriso surgiu no canto da boca de Marius. Lutins eram capazes de sair durante o dia se houvesse um coveiro para acompanhá-los. A coisa que os lutins mais amavam eram travessuras. Marius havia encontrado a distração perfeita.

— Nem todos os fantasmas precisam esperar pela noite.

22

NO DIA SEGUINTE, MARIUS não foi à escola. Em vez disso, se viu no Habada-Chérie, cara a cara com Papa Harold. Por alguma razão, ele parecia ainda pior à luz do dia. Não havia janelas no local para deixar a luz do sol entrar, mas ainda assim, era verdade.

— Estou aqui por causa do rougarou — Marius disse com um ar imponente e maduro.

— É mesmo? Muito bem, então, venha comigo — ele disse com uma reverência.

O lojista guiou o caçador de monstros para a sala dos fundos. Marius se sentou no lugar de sempre em frente ao Papa Harold. Ele sentiu o cheiro do incenso, mas estava mais fraco do que o normal, como se fosse a fragrância do dia anterior. O sândalo permanecia nas almofadas e cortinas de dias passados. O Habada-Chérie não devia receber visitantes tão cedo.

Papa Harold se sentou na cadeira com um suspiro cansado e puxou seu livro. Marius pegou seu livro do bolso e o colocou na mesa. Ele folheou as páginas de monstros passados em um esforço para não demonstrar seu nervosismo.

Havia poltergeists, e bichos-papões, e até algumas doceiras. Uma vez, ele tinha capturado um grunch enquanto remava em seu pântano. Grunchs eram monstros com cabeça de bode, parecidos com macacos, que sugavam o sangue de suas vítimas. Marius tinha dado de cara com a criatura e acabou gritando o feitiço por puro reflexo.

Cada página continha o nome e a ilustração de outra criatura capturada. Outro monstro tirado do mundo que nunca mais poderia fazer mal a alguém. Era um pouco estranho passar pela página que dizia *Sereia*. Apenas uma página em branco sem ilustração. Ele nunca tinha ido atrás daquela recompensa, é claro. O rosto de Rhiannon nunca decoraria seu livro.

Todos os pensamentos sobre Rhiannon se dissiparam quando chegou à página da bruxa bu. Seu rosto medonho e corpo esquelético parecia gritar com ele de dentro da ilustração. De acordo com o livro, seu nome era Edelmira. Marius estremeceu com a lembrança e virou a página.

Papa Harold arrancou uma nova folha de papel de seu livro e o colocou com delicadeza na página em branco. Assim que o fez, a página reluziu. A palavra *Rougarou* apareceu magicamente em tinta preta na parte superior.

Era isso. Não havia mais volta. O rougarou era sua recompensa.

— Que informações você tem sobre ele? — Marius perguntou, olhando para o lojista grisalho.

— Bom, por incrível que pareça, ele foi visto no pântano próximo de você. Você mora no Riacho Rigolettes, não é?

— Sim, mas isso não ajuda muito. É um grande riacho e há quilômetros de áreas pantanosas conectadas — Marius respondeu.

— Infelizmente, a maior parte das minhas informações veio dos hobbs que apareceram na minha porta querendo cerveja. Normalmente, posso confiar nas gárgulas, mas elas, em geral, não vão até os pântanos. Não se sentem confortáveis em voar para tão longe das igrejas. Hobbs são bons espiões, mas só quando estão sóbrios, e nenhum deles estava.

Hobbs se assemelhavam muito àqueles gnomos de jardim em relação a roupas e tamanho. Enquanto os gnomos são fofos e parecidos com humanos, hobbs pareciam mais com morcegos. Eles tinham orelhas grandes e narizes empinados. Seus olhos eram separados demais para serem atraentes.

Eles carregavam lápis e giz para todos os lados, porque amavam desenhar em tudo. Os humanos não se davam conta de que na metade das vezes que andavam sobre desenhos de giz na calçada, estavam andando sobre o trabalho de um hobb. Em geral, os desenhos eram inofensivos, a menos que eles estivessem bêbados. Era aí que os desenhos ficavam obscenos.

— Então, "em algum lugar perto de mim nas áreas pantanosas do Riacho Rigolettes" é tudo o que você pode me oferecer? — Marius perguntou.

— Tudo o que eu sei agora está no seu livro. Não é muita coisa, mas você é um caçador talentoso. Já vi você capturar um monstro com menos do que isso. Ora, a doceira...

— Bruxa bu — Marius corrigiu.

— Sim, a bruxa bu. Você a encontrou com suas próprias artimanhas. Você dá conta — Papa Harold disse.

— Farei o possível — Marius disse.

Ele olhou para o próprio livro e suspirou enquanto lia *Rougarou* outra vez. Um ar ameaçador preencheu a sala ao redor daquela palavra. Eles eram um dos monstros mais perigosos do Sul. Mais ferozes do que um jacaré, e mais desonestos do que uma bruxa bu.

Marius passou o dedo pela borda do livro. O ato o acalmou um pouco. Havia uma afinidade entre um caçador de monstros e seu livro. Eles eram extensões um do outro. Marius muitas vezes pensava no livro como um ser vivo.

Como se lesse seus pensamentos, a borda do livro estremeceu sob seu dedo. Marius agarrou o volume e o guardou no bolso interior.

— Não será vergonha nenhuma recuar — Papa Harold disse, ficando em pé atrás dele de repente. Marius saltou quando ele colocou a mão em seu ombro. — Se você desistir, não vou contar para ninguém. Me preocupo com você e essa recompensa, jovem Grey. Quando a ofereci, não pensei que você a aceitaria de verdade.

— Vou capturá-lo. Vou apanhar o rougarou e trazê-lo de volta para cá — Marius disse com determinação.

Ele até acenou com a cabeça ao dizer as últimas palavras, como se para enfatizar seu objetivo.

— Muito bem, garoto. Boa sorte para você. Mas, lembre-se, nenhuma recompensa vale a sua vida.

Marius deixou a loja sem dizer uma palavra. Ele mal se despediu de Papa Harold. Era difícil falar quando seus dentes estavam tão cerrados, e o caçador de monstros começou a tremer antes mesmo de virar a esquina.

23

O DIA DO ROUBO estava muito agradável. A luz do sol se derramava sobre os habitantes de Nova Orleans sem uma nuvem no céu. Uma brisa suave serpenteava por entre as árvores, impedindo que o ar ficasse estagnado no lugar. Tudo parecia saturado de cor. O céu azul, a grama verde. Marius podia ter assobiado, estava tão agradável. Uma pena que ele estava tremendo de tanto nervosismo.

Se você tem que fazer um trabalho sujo, atenha-se ao dia. Há muitas coisas que podem observar você à noite.

— Eu sei, mãe. Só pessoas podem observar você durante o dia, e elas não vão notar a gente, de qualquer maneira — Marius disse, repetindo uma das muitas lições de sua mãe em um tom entediado.

Bom, você se lembrou, não é? Você pode achar que elas são idiotas, mas acabam ficando na cabeça.

— Eu sei, eu sei. Você tem razão… de novo — Marius disse.

— Com quem você está falando? — Hugo sussurrou para Marius.

— Com ninguém, na verdade. Só… comigo mesmo.

Marius se aproximou da casa de Madame Millet, tentando agir com indiferença e calma. Hugo o seguiu, invisível para todos. Bom, exceto para os gatos polidáctilos. Eles costumavam descansar na ampla varanda, ignorando a todos e tomando banho de sol. Agora estavam alertas, agachados atrás de árvores e cadeiras de balanço. Seus olhos estavam grandes e escuros com as pupilas dilatadas.

— É melhor você entrar — Marius sussurrou para Hugo. — Não mexa nas coisas até eu dizer a palavra profiteroles.

— Tá bom, entendi — Hugo disse, baixinho.

Marius sentiu uma leve lufada de ar e o lutin desapareceu. Um dos gatos rosnou da maneira estridente que os gatos fazem quando ele subiu os degraus. Marius chiou para o gato. Bom, a melhor imitação que conseguiu de um chiado. Funcionou. Os gatos se ajeitaram e fugiram.

Suas grandes esperanças de uma missão rápida foram logo frustradas quando ele bateu à porta e Mildred atendeu. Ela usava um vestido roxo, todo decorado com enfeites e tule. Um delineador escuro e rímel com glitter embelezavam seus olhos profundos. Ela não parecia particularmente feliz por estar maquiada.

— O que você quer? — disse, ríspida. — Não tem aula aos sábados.

— Você parece um palhaço de boneco que ganhou vida.

— Eu deveria dar um tapa em você, Marius Grey!

— Não jogue glitter em mim — ele disse, protegendo os olhos com um sorriso debochado.

Mildred lhe deu um soco forte no braço. Ele ouviu um tilintar e viu duas unhas com pedras roxas caírem no chão. Elas tinham se soltado da mão de Mildred. Ele as pegou e as devolveu com um enorme sorriso.

— Suas unhas, senhorita — ele disse, fazendo uma reverência para ela.

Mildred arrancou as unhas da mão dele. Seu rosto estava vermelho de vergonha.

— O que você quer, órfão? — ela perguntou com rispidez.

— Preciso falar com a sua mamãe — ele respondeu.

— Ela está se arrumando para uma festa. Não dá para ouvir? — Mildred enfatizou. Dava para ouvir a movimentação do serviço de bufê e dos músicos. — Além disso, você não está vestido de acordo, com esse seu sobretudo velho e esfarrapado.

— Parece que você está mal vestida também com essas unhas maltrapilhas. Só diga para ela que estou aqui, Mildred. Foi um longo dia.

Ela revirou os olhos e bateu a porta na sua cara. Marius esperou na varanda. Parte dele esperava que Mildred se esquecesse de contar à mãe de propósito. Se isso acontecesse, ele tinha chance de bater outra vez e ser atendido por outra pessoa que pudesse de fato ajudá-lo. Quando a porta se abriu, era Madame Millet do outro lado.

— Sr. Grey. O que você está fazendo aqui?

— Eu precisava perguntar uma coisa importante para você.

— É mesmo?

— Posso ir ao seu escritório? Eu gostaria de conversar a sós.

— Claro — Madame Millet disse, abrindo mais a porta. — Mantenho o que disse, Marius. Minha porta está sempre aberta.

Uma pontada aguda de culpa o atingiu bem nas costelas. Ele a ignorou e continuou em frente. Era tudo ou nada.

Ao passar pelo feitiço na porta do escritório dela, Marius fez uma nota mental para não sair dali com raiva. *Todos que chegam são bem-vindos. Todos que se vão com raiva são tolos.* Ele esperava que sair com bens roubados fosse bem diferente do que sair com raiva, para evitar que fosse amaldiçoado.

— Do que se trata tudo isso? — Madame Millet perguntou.

Ela fechou a porta e colocou a mão firme no ombro dele. Era quente e reconfortante. A culpa o acertou mais algumas vezes.

— Eu... estou preocupado com a sra. Pine — ele respondeu.

Não era bem uma mentira. Ele estava mesmo preocupado com a professora de matemática.

— Ah, que legal da sua parte. Estou feliz que as coisas estão se acalmando entre vocês. E respondendo sua pergunta, sim, ela parece estar melhor. Ganhou um pouco de peso de volta, o que é bom. Dava para derrubá-la com uma pena antes.

— Sim, seria legal que ela comesse um pouco. Na verdade, até pensei em trazer profiteroles algum dia para todo mundo — ele disse.

Madame Millet sorriu com tanta animação que machucou o coração de Marius. Ele decidiu que se sobrevivesse a tudo isso, cumpriria sua promessa. Afinal de contas, quem não gostava de donuts Cajun?

A conversa foi interrompida por um som estrondoso do outro lado da porta. Marius ouviu os gêmeos correrem em meio a uma crise de riso. Mais duas batidas e outro estrondo. Ela soltou o ombro de Marius às pressas. Madame Millet abriu a porta e deu de cara com um absoluto e completo caos.

— Mas que raios! — ela gritou.

Molduras balançavam para lá e para cá na parede. Várias bolas coloridas saltavam para cima e para baixo nas escadas, totalmente por conta própria. Talheres tilintavam na cozinha em panelas e frigideiras viradas para baixo. Marcel e Mina passaram pelo corredor, rindo com histeria e quebrando vasos. A risada de um menino desencarnado ecoou pela casa.

Hugo havia feito seu trabalho.

— Como fomos arrumar um poltergeist? Mina, Marcel, voltem aqui! Parem de destruir isso. Peguem o meu sal. Onde está a sua irmã?

Madame Millet avançou para o caos, deixando Marius sozinho na sala. Agora era sua oportunidade. Ele deslizou para trás de sua cadeira e passou pela cortina de veludo azul. A porta era estreita, mais do que a maioria das portas. A maçaneta antiga tinha o crânio com três X esculpidos em cima e uma fechadura logo abaixo. Marius pegou a farpa de Rhiannon do bolso externo e a enfiou na fechadura.

Para sua alegria, a fechadura se encaixou de imediato, mas quando ele tentou girar a chave improvisada, ela se recusou a ceder. Ele tentou sacudi-la e forçá-la, mas o trinco se recusou a virar. Marius grunhiu por dentro.

É claro, a fechadura estava enfeitiçada, ele pensou. A farpa de Rhiannon podia abrir portas regularmente trancadas, mas Madame Millet tinha colocado um feitiço como proteção extra em sua porta.

Ele vasculhou seu cérebro, tentando pensar em algo que dissolvesse feitiços de fechaduras. Ah, se ele tivesse prestado mais atenção nas aulas.

Fumaça de sálvia. Limpa a maioria dos encantos.

— Não sei se tenho — Marius sussurrou, enfiando a mão em vários bolsos.

Por sorte, ele encontrou um pequeno maço escondido sob um pacote de jasmim. Ele o puxou e inspecionou o maço esmagado. Era uma porção de folhas secas de sálvia com um fio trançado com firmeza ao redor dela. Restavam apenas uns oito centímetros, mas ele teria que fazer dar certo.

Ele acendeu a ponta da sálvia com um fósforo, torcendo para que ninguém sentisse o cheiro da fumaça. Ao longe, houve o som de algo se quebrando, seguido de gritos eufóricos. Provavelmente não notariam um pouco de fumaça de sálvia.

Quando uma brasa laranja floresceu no centro, ele soprou a chama devagar. Uma fumaça cinza serpenteou para cima, enchendo seu nariz com o cheiro de ervas queimando. Marius segurou o maço na fechadura e soprou o vapor no buraco. Quando ele girou a farpa da sereia, ela se virou com facilidade. A fechadura se abriu.

Marius soltou um suspiro de alívio enquanto apagava a sálvia queimada com a sola do sapato. Se caçadores ilegais soubessem que um pouco de sálvia e farpa de sereia podiam abrir a maioria das portas, a espécie de Rhiannon seria massacrada aos montes. Marius estremeceu com o pensamento, girou a maçaneta e entrou na sala secreta.

Madame Millet era uma acumuladora de ingredientes. Prateleiras após prateleiras, fileiras após fileiras, estavam empilhadas de magias valiosas. Nem mesmo o Habada-Chérie poderia ostentar tamanha coleção. Na verdade, eles não deviam ter nem um quarto da riqueza desse depósito.

Marius oscilava entre sentir uma culpa extrema por invadir a privacidade de Madame Millet e se sentir impressionado por sua coleção. Deve ter demorado uma eternidade para construí-la. Mas não havia tempo para admirá-la. Quem sabe por mais quanto tempo Hugo poderia manter a distração enquanto Madame Millet tentava exorcizá-lo.

Obeliscos de pedra, ovos de aves fossilizados, máscaras de madeira petrificadas e geodos de opala revestiam as paredes. Vários gabinetes de raridades exibiam fetos de porco preservados, gatos mumificados, os restos de um filhote de três cabeças. Ele encontrou uma caixa de tipografia pregada verticalmente na parede. Inúmeras ampulhetas e relógios preenchiam os pequenos compartimentos junto com um imaculado cavalo-marinho mumificado com um minúsculo chifre de unicórnio.

Ele parou por um momento e notou algo que não esperava encontrar. Por trás de um gabinete de vidro estava um conjunto de balanças que ele reconhecia. Eram do mesmo tipo que as de Papa Harold. Não tinham outro propósito a não ser pesar livros de monstros.

Madame Millet processava monstros, ou pelo menos, costumava processar. Marius teve dificuldade em aceitar isso. Ela falava tanto sobre como era perigoso fazer isso, mas tinha um conjunto de balanças.

Ele decidiu deixar aquilo de lado e continuar sua busca. Era algo para ponderar mais tarde.

Outro gabinete continha sua seleção de raízes de mandrágora. Elas tinham a forma de pessoas minúscula com folhas brotando de suas cabeças, cada uma em seu próprio frasco. Algumas eram machos e outras eram fêmeas. As mais velhas eram capazes de se mover em suas prisões de vidro, enquanto as bebês apenas dormiam. Marius passou o dedo em um dos frascos maiores e a mandrágora adulta girou, tentando se libertar.

Cuidado. Não a solte. Nada é pior do que arrancar as raízes de uma mandrágora de debaixo da pele. Elas podem cavar como carrapatos em questão de segundos.

— Eu não ia soltá-la, mãe — Marius sussurrou.

Bom, então pare de enrolar. Aquela menina perversa está por aqui em algum lugar. Se você for pego...

— Não estou enrolando! Só não sei onde ela guarda a água virgem.

Não gosto desse plano. É tudo uma péssima ideia. Por que você daria ouvidos àquela sereia? Ela é tão monstruosa quanto o rougarou.

— Já chega. Cansei — Marius disse num sussurro mais alto. — Rhia é minha amiga. Você me deixou sozinho! Diga mais uma palavra sobre ela e eu nunca mais vou falar com você.

Ele se virou rápido na sala, como se pudesse vê-la de relance. Havia sido um ato tolo. A verdade era que ele nunca soube se a voz que ele ouvia era a de sua mãe ou não. Ele falava com ela, discutia com ela, mas não tinha como saber se era ela de verdade. Poderia muito bem ser sua própria mente preenchendo o espaço onde ela estaria. Afinal, ela nunca dizia algo que ele já não soubesse.

Ele pensou por um instante em se desculpar, só para o caso de ser a voz de sua mãe desde o início. *De que adiantaria?*, ele pensou. O que alguém poderia dizer depois daquilo? Além disso, ele tinha que encontrar a água virgem depressa, antes que fosse descoberto.

Marius encontrou uma sessão na sala reservada para itens mais mundanos. Ali estavam o pó de tijolo, sal, alecrim e eucalipto. Os pés de galinha, contas e rosários. Logo atrás de uma bandeja de olhos de tigre estavam vários jarros de água virgem. Marius pegou um e correu para fora da sala proibida, trancando a porta.

Quando ele passou pela cortina de veludo, deu de cara com Mildred Millet. Ele poderia ter desmaiado, mas o medo o deixou paralisado no lugar. Em um milésimo de segundo, ele examinou o escritório, procurando por mais alguém. Mas não havia ninguém além de Mildred, não que isso importasse. Ela era suficiente.

24

— **PEGUEI VOCÊ, MARY**. Peguei você roubando e agora você vai pagar. Fada vingativa, fogo e brasa. Expulse este criminoso da nossa casa! — Mildred gritou, jogando um punhado de pó brilhante de fada no rosto de Marius.

De repente, o chão sumiu sob os pés de Marius e ele foi arremessado para trás. Uma grande rajada de vento passou por seus ouvidos. Quando suas costas atingiram o chão, ele não estava mais no escritório de Madame Millet. Estava do lado de fora. O feitiço de Mildred o havia transportado para fora da casa.

O sol o cegou e ele ergueu a mão para bloqueá-lo. Tudo estava tão desconcertante. Ele piscou com força para se orientar. Estava no quintal da frente. Os gatos polidáctilos sibilavam e rosnavam para ele. Quando olhou para a porta, viu Mildred saindo da casa e descendo as escadas. Ela segurava o jarro de água virgem nas mãos.

Ele não sabia quando ela o tinha pegado. Talvez pouco antes do seu feitiço expulsá-lo da casa. De qualquer maneira, ela o segurava como se fosse um artefato sagrado.

— Vou adorar chamar a mamãe aqui. Vou contar para ela que você a estava roubando — Mildred disse com um sorriso presunçoso.

— Por favor, Mildred. Não diga nada — Marius pediu, ficando de pé. — Vou embora. Estou indo agora mesmo.

Marius sentiu um frio na barriga por ter sido descoberto. Ele olhou de um lado para o outro para ver se mais alguém os via no quintal. Por sorte, não havia ninguém além de Mildred. Marius poderia fugir, se ela deixasse.

— De jeito nenhum, Mary. Estava procurando um bom motivo para me livrar de você. A mamãe gosta de você por alguma razão estúpida, mas ela vai deixar de gostar se vir isto — Mildred disse, apontando para a água virgem. — Ela odeia ladrões.

— Por favor, não. Eu tenho que conseguir essa recompensa. Preciso de água virgem para isso.

— De que adianta usar água virgem contra um monstro? Eu posso exorcizar um poltergeist de olhos fechados sem esta coisa.

— Não é um poltergeist — ele respondeu.

— Então o que é? — Mildred perguntou, revirando os olhos. — Um bicho-papão?

— É um rougarou!

A boca de Mildred se abriu. Era como se ele tivesse atirado óleo atordoante em seu rosto. Demorou alguns segundos para ela recuperar a voz.

— Você está louco? Você não pode capturar um desses. Ele vai te matar.

— Eu tenho que TENTAR!

— Tudo isso para pegar um rougarou fedorento. Para quê? Para provar que você é um grande caçador? — ela perguntou num tom debochado.

— Não é isso — ele respondeu. — Eu preciso da água para encontrar o monstro. Não posso coletar a recompensa sem isso.

Um calor intenso iluminou a área atrás de seus olhos. Ele estava furioso, mas não deixaria transparecer. Mildred estava com as cartas na mão. Se ele fugisse ou a atacasse, seria o fim. Um grito para chamar sua mãe e tudo estaria acabado. Ele se sentia tão frustrado que estava prestes a berrar.

— Ninguém tem água virgem. Tudo está seco há dois meses. E a sua mãe não vende ou troca.

— Não. É. Problema. Meu — ela enfatizou. Mildred se virou na direção da casa. Ainda havia muitos gritos e barulho de coisas sendo quebradas lá dentro. Mildred colocou as mãos ao redor da boca e gritou: — Mamãe! Tenho algo para te contar!

— Por favor! — Marius pediu, agarrando o ombro de Mildred. Ela se virou e tirou a mão de cima dela. — Se você pudesse trazer o seu pai de volta, não traria? Você não faria qualquer coisa, até mesmo roubar, se isso o trouxesse de volta à vida?

A expressão de Mildred mudou. O que quer que ela pensasse que Marius fosse dizer, estava óbvio que não seria isso. Ela encarou o caçador de monstro, boquiaberta, parecendo bastante confusa. A compreensão de tudo aquilo a atingiu como um tapa na cara. Suas palavras saíram baixas e cuidadosas.

— É por esse motivo que você está fazendo tudo isso? Você está tentando trazê-la de volta? Ela fez um acordo com um demônio de encruzilhada, Marius. Ela se foi. Não há nada que você possa fazer.

— Eu tenho que tentar. Não posso deixá-la no inferno. Não posso. Se há uma chance, tenho que aproveitá-la — ele disse, com lágrimas de desespero escorrendo pelo rosto.

Ele se sentiu pequeno, e estúpido, e sozinho. Marius queria estar em qualquer lugar, menos ali. Ele estava tão cansado de ser forte. Viver como um órfão de doze anos de idade o tinha deixado vazio por dentro. Garoto-coveiro ou não, ele estava cansado de estar sozinho. Não havia ninguém para cozinhar para ele ou envolvê-lo ou colocá-lo na cama. Nenhuma mãe para abraçá-lo. Nunca mais se ele não conseguisse a água.

Em qualquer outro dia, Mildred teria achado hilário ver Marius Grey chorar na sua frente. Aquela seria uma ocasião especial. Ela faria pipoca e riria do lamento dele. Marius supunha que isso estaria entre os cinco maiores sonhos dela.

Agora, Mildred observava Marius cair de joelhos na sua frente. Ele se sentou de pernas cruzadas no quintal e apoiou a cabeça nas mãos. Fungou e secou os olhos com a manga de seu sobretudo grande demais.

Marius não conseguia nem a encarar. Ele estava desistindo. Estava derrotado. Era o fim.

— Vá em frente — ele disse, soando abatido. — Vá contar para a sua mamãe. Você tem razão. Isso acabaria me matando de qualquer forma. Me dedure. Eu mereço.

Em algum lugar lá no fundo, eles ouviram barulhos de passos vindos da casa. Os gêmeos passaram correndo pela porta aberta, berrando como porquinhos. Madame Millet os seguia de perto, repreendendo-os enquanto corria.

— Voltem aqui, vocês dois! — ela gritou. Então se virou para olhar para fora. — Mildred, do que você estava falando? Por que vocês dois estão no quintal? Há algo de errado?

Marius respirou fundo e soltou o ar nas mãos. Esperou pelo inevitável. A qualquer momento, Mildred iria levantar a voz estridente e dedurá-lo. Dezenas de mentiras decentes passaram por sua mente, mas nenhuma em que Madame Millet acreditaria. Ainda mais se Mildred contasse a versão dela da história.

Ele estava condenado.

— Nada de errado, mamãe — Mildred gritou por cima do ombro. — Marius estava indo embora. Ele esqueceu um negócio, só isso.

A cabeça de Marius se ergueu e ele a olhou nos olhos. Estavam impassíveis e sólidos. Ela tinha certeza de suas palavras. Isso não significava que ela gostava dele. Não, ainda havia uma forte dose de ódio naqueles olhos. Mas, por alguma razão, ela o estava deixando ir.

— Ah, tudo bem. Sem brigas, vocês dois — Madame Millet pediu antes de voltar correndo para dentro da casa.

Marius se levantou e limpou a calça com as mãos. Ele não quebrou o contato visual com Mildred. A trégua parecia tão frágil quanto papelão molhado. Ele temia que desviar o olhar quebraria fosse lá qual feitiço estivesse acontecendo entre eles.

— Tome — disse ela ao lhe entregar o jarro de água virgem. — Pega. Jamais diga para alguém que eu fui legal com você.

— E por que está sendo? Por que não me dedurou? — ele perguntou.

Mildred fez um movimento com a mão em direção a casa.

— Porque eu queria trazer o papai de volta, mas ela não me deixou tentar. Ela não deixou ninguém tentar. Fizemos o feitiço para chamar a alma dele de volta quando o encontramos, mas não funcionou. Ele já tinha partido muito tempo antes. A mamãe sabia o feitiço de ressurreição, mas não o usou. Disse que era perigoso demais. Ainda acho que você não pode trazer a sua mãe de volta, mas não quero ser a pessoa que disse que você não pode tentar.

— Não sei o que dizer — Marius comentou.

Ele estendeu a mão para um cumprimento. No mesmo instante, se arrependeu. Foi um movimento estranho entre duas pessoas que nunca tinham apertado as mãos. Ela deu uma olhada e afastou a mão dele com desgosto.

— Eeeca, não seja um esquisitão. Só tire o seu lutin daqui antes que ele destrua a casa toda — Mildred pediu com uma careta.

E assim, Mildred Millet jogou suas tranças no rosto de Marius e o deixou sozinho no quintal da frente. O momento dela de agir como um ser humano decente havia sido breve, mas tinha acontecido. Se não tivesse presenciado por si mesmo, Marius jamais teria acreditado que tal coisa fosse possível.

25

SE PREPARAR PARA UMA caçada era estressante. Embora ele tenha feito Hugo jurar segredo sobre sua pequena aventura na casa de Madame Millet, Marius estava preocupado que o lutin fosse contar para os outros fantasmas.

Apesar de todos os avisos de Rhiannon para não esperar muito tempo, ele levou os fantasmas para jantar na noite em que a grande caçada ia acontecer. Ele precisava de comida na barriga, e o jantar sempre apaziguava os habitantes do cemitério. Fantasmas felizes significava menos perguntas.

Depois que ele acompanhou os fantasmas de volta para casa, se dirigiu ao barco com o estômago inquieto. Em geral, uma cestinha de peixe frito era a coisa mais gostosa do mundo, mas não naquela noite. Seu estômago embrulhava de nervosismo. Ele parou de remar várias vezes durante o caminho, porque pensou que poderia vomitar o jantar que tinha acabado de comer.

Você sempre pode voltar atrás, meu filho. Não valho tudo isso.

— Não. Vou trazer você de volta.

Tenha cuidado.

Ele não precisou espalhar o jasmim para deixar Rhiannon saber que ele estava lá. Ela estava esperando no lugar de sempre. Sua cabeça emergiu da água e ela se agarrou ao barco com as mãos.

Marius a olhou nos olhos e viu medo ali. Era desconcertante, porque Rhiannon nunca parecia ter medo. Mesmo quando ele tentou capturá-la, ela estava mais curiosa do que temerosa. Foi umas das razões que o fizeram parar para falar com ela em vez de lançar o feitiço de uma vez. Ele sempre seria grato por isso.

— Você está bem? — perguntou a ela.

— Não estou com fome — ela respondeu.

— Não sei bem o que isso significa.

— Estou *sempre* com fome. Como o tempo todo. A toda hora. Até quando estou cheia, ainda me sinto com fome — ela disse.

— Não estou entendendo, Rhia.

— Essa é a primeira vez que não estou com fome.

— Sinto o mesmo. Significa que estamos com medo.

— Não gosto disso — Rhiannon disse.

— Nem eu — Marius revelou. — É melhor a gente ir.

O plano era para Marius remar o barco e Rhiannon puxá-lo até o local onde os fifolets se reuniam à noite. Esse era o próximo passo, remar e puxar. Os dois sabiam disso, e ainda assim, nenhum deles se moveu um centímetro. Eles só se encararam, esperando que alguém desse o primeiro passo.

— Por que ela não é um dos seus fantasmas? — Rhiannon perguntou.

Era uma das últimas coisas que ele esperava que ela dissesse. Bom, talvez não. A última coisa que ele esperava que ela dissesse seria algo do tipo: "Vamos dançar valsa em terra firme". Mas aquilo não estava tão longe assim da última coisa.

— Você quer dizer a minha mãe? Ela não pode... ser um fantasma.

— Por que não? É o que os humanos fazem, não é? — ela perguntou.

— Sim, quando o momento e a situação são adequados. Mas não no caso da minha mãe.

— Por que não? Por que ela não vai jantar com você e os outros no seu cemitério?

— Ela fez um acordo com um demônio dois anos atrás. A alma dela se ele encontrasse meu pai. O demônio voltou atrás no contrato, disse que era impossível encontrar o meu pai. Minha mãe desistiu do combinado, já que ele não cumpriu a parte dele no acordo. O demônio encontrou uma espécie de brecha e fez minha mãe bater o carro. Ela morreu, e ele coletou a alma dela. Pelo menos, é isso que me contaram.

— Mas por que ela não é um fantasma?

— Ela foi para o inferno — Marius respondeu, estremecendo ao dizer a última palavra. — Pessoas no inferno não viram fantasmas. Elas não têm muita coisa. É por isso que eu tenho que trazê-la de volta. Não posso deixar a minha mãe sofrendo lá.

Rhiannon absorveu suas palavras e balançou a cabeça quase que de modo imperceptível. Sempre foi difícil entender a sereia. Se tivesse que adivinhar, Marius chamaria isso de um aceno de conclusão. De decisão. Era um gesto decisivo, um de ação. Ela ainda parecia assustada, mas pegou a corda amarrada ao barco e mergulhou na água. Marius pegou os remos e a ajudou.

O tempo passou. Não se moveu rápido ou devagar. Talvez quando não havia relógio para olhar ou contar as horas, o mundo andasse assim. Um vácuo de segundos. A jornada poderia levar horas ou minutos e ninguém saberia a diferença.

Marius inspirava e expirava; ele movia os remos para a frente e para trás. Mas nada marcava seu progresso, exceto uma linha contínua de riacho e árvores. A monotonia o embalou em tal transe que ele quase perdeu o afloramento de pedras que era o seu destino. Por sorte, Rhiannon se lembrou e direcionou o barquinho naquela direção.

Eles pararam nas rochas e lançaram âncora ao lado. Para qualquer pessoa normal, essa pareceria um conjunto normal de pedras planas. Grandes pedaços de ardósia descansavam umas sobre as outras no que poderia facilmente ser confundido com um padrão aleatório.

As pedras menores estavam no centro, e as maiores começavam a partir dali. Elas se espalhavam para cima, se tornando a versão da natureza de uma pequena escada. A instalação era minúscula. Era no meio do nada, então humanos teriam dificuldade em vê-la. Mesmo se alguém visse, o semicírculo alcançava apenas a canela de um humano. Homens quase nunca prestavam atenção a coisas mais baixas que seus joelhos.

— Chegamos — Rhiannon disse. — Este é o local dos fifolets. Eles se reúnem aqui.

— Então, devo apenas colocar a água aqui? No meio? — Marius perguntou.

Rhiannon deu de ombros, mas ele aceitou isso como um "pode ser". Ele tirou o jarro de água virgem de um dos bolsos mais fundos do sobretudo e o colocou na rocha central superior da formação. Abriu a tampa com cuidado e se afastou, se sentando de volta no barco.

— E agora? — ele perguntou.

— Peça ajuda para eles — ela respondeu, cutucando-o com o cotovelo.

Ele se levantou para ajeitar a postura e pigarreou algumas vezes. Por algum motivo, ele se sentiu um pouco ansioso. Marius engoliu o nervosismo e se dirigiu ao clã invisível de fifolets.

— Eu sou Marius Grey — disse em voz alta. Tinha sido alto demais, e ele recebeu um olhar de advertência de Rhiannon. Ele começou outra vez, mais baixo. — Eu sou Marius Grey e preciso da ajuda de vocês. Preciso encontrar o rougarou que vive neste pântano. Estou oferecendo aos fifolets água virgem como recompensa.

Nada aconteceu. Nem um pássaro se moveu. Nem um sapo coaxou. Os mosquitos ainda zumbiam porque nem mesmo um rougarou era capaz de impedi-los de atormentar tudo o que viam.

— E agora? — ele sussurrou.

— Não sei. Acho que eles vão sair se concordarem com os seus termos — Rhiannon respondeu.

— E se eles não saírem?

— Acho que fizemos isso tudo por nada — ela disse, dando de ombros.

Eles não tiveram que esperar muito tempo. Devagar e com cautela, algumas luzinhas verdes dançaram por trás de ramos de ciprestes. Em seguida, mais algumas. Pouco depois, duas dúzias de fifolets surgiram no ar em direção ao jarro de água virgem.

Marius nunca tinha visto um de perto e nem tantos assim. Se você avistasse um fifolet, seria como um piscar de olhos. Você poderia achar que era um truque de luz. Um flash no canto do olho. Agora ele podia ver que eles eram luzes, mas também muito mais do que isso.

Eles pareciam bolhinhas com tentáculos que se estendiam e voltavam a cada movimento. Era como assistir a uma família inteira de águas-vivas flutuando no ar. Cada fifolet dançava ao redor daquele que estava ao lado, fazendo com que seus caminhos fossem sempre variados. Não era à toa que achavam tão fácil atrair humanos e fazê-los se perder.

Eles se reuniram perto do jarro aberto. Cada um esperou tranquilamente, enquanto o próximo tomava um gole. Era um espetáculo bonito e minúsculo que Marius teve o prazer de testemunhar. Poucos haviam conseguido.

— Acho que você tem a sua resposta — Rhiannon disse.

Sua voz ficou baixa, e quando Marius se virou para ela, o olhar da sereia se desviou para a água. Ela afundou o suficiente para mergulhar o nariz.

— Isso é bom, não é? — ele perguntou. — Era o que a gente queria.

— Era o que *você* queria — ela respondeu. Rhiannon usou as mãos para se levantar. Ela encarou Marius com atenção. — Mas você não precisa querer. A gente pode voltar.

— Mas, Rhia, viemos até aqui…

Suas palavras foram interrompidas. Rhiannon agarrou a parte de trás de sua cabeça com a mão e pressionou os lábios nos dele. Ele esqueceu todas as palavras. Esqueceu de tudo. Do rougarou, da missão, do cemitério. Marius se esqueceu de tudo. O mundo girou, então ele fechou os olhos. E flutuou em um espaço onde não se lembrava de nada.

Ele existiu em um vazio. Sem dor, sem história, sem pensamentos além do aqui e do agora. Aos poucos, uma linda luz foi apagando todas as coisas ruins. Tudo o que restava era um mundo de água. Flutuando sem parar com uma linda e jovem sereia. Nenhum perigo à vista.

Isso é magia de sereia, Marius.

Ele reconheceu a voz, mas não tinha um nome para ela ainda. Era feminina com certeza, mas recuperar as lembranças era como se mover em mel. Cada passo era exaustivo. Qual era seu nome? Era Marius?

Elas não apenas cantam e atraem os homens para a morte. Às vezes, elas fazem com que se esqueçam. É isso que ela está fazendo, filho. Está fazendo você se esquecer.

Filho. Isso mesmo. Se ele era filho de alguém, isso significava que ele tinha uma mãe e um pai. Ele tinha uma vida e um propósito. Qual era? Havia uma missão. Ele estava ali para fazer algo importante.

Marius, acorde!

Marius jogou a cabeça para trás, parando de beijar Rhiannon. Ele caiu de costas no meio do barco, olhando com raiva para a sereia. Os lábios dela estavam rosados e seus olhos se arregalaram. Todas as lembranças voltaram para ele como se alguém tivesse jogado um balde de água fria em seu rosto.

— Por que você fez isso? Por que você estava tentando me fazer esquecer? — Marius perguntou.

Ele lutou para se levantar. Não era fácil ficar de pé em um barco tão pequeno, mas ele sentia que precisava ficar mais alto do que ela naquele momento. Seu rosto ficou todo quente e rosado.

— Como você quebrou o feitiço? — Rhiannon perguntou, parecendo chocada.

— Não é por esse motivo que você deveria estar chateada! Por que você estava tentando me enfeitiçar para me fazer esquecer? Por que você... me beijou?

A sereia franziu a testa de forma dramática enquanto se endireitava. Sua boca se transformou em uma linha estreita e irritada. Os olhos verde-água mudaram para um tom de verde-escuro que quase pareceram pretos à luz da lua.

— Porque você é estúpido. Humanos são estúpidos. *Isso* é estupidez. Ir atrás de um rougarou é estupidez!

— Você me ajudou... — ele começou a falar, mas ela o interrompeu.

— Porque somos amigos. Você é o meu único amigo. Eu ajudei você, mas esperava que isso não acontecesse. Pensei que você não fosse conseguir a água, e então você conseguiu. Eu esperava que os fifolets não fossem aparecer, mas eles apareceram. E agora... agora você vai atrás dele, e é muita estupidez!

— Rhia, eu tenho que...

— Não! Você não tem quê. Sua mãe se foi, e eu não quero que você se vá também!

Rhiannon bateu as mãos no topo do barco. Suas farpas dispararam, acertando a madeira com um barulho alto. Marius saltou para trás. Ele teve que se segurar com as duas mãos para não cair. O barco balançou um pouco para lá e para cá. Nada disso pareceu assustar os fifolets.

A sereia desviou os olhos de Marius e viu que estava presa no lugar. Quando ela notou suas mãos, ficou boquiaberta. Tinha acabado de perceber que seus espinhos haviam saído. Ao flexionar o músculo, eles se retraíram em seus braços. Quando encarou Marius de novo, seus olhos tinham voltado ao normal. Eles se encheram de lágrimas em questão de segundos.

— Calma, Rhia, está tudo bem — Marius disse.

Rhiannon balançou a cabeça. Sem dizer outra palavra, ela mergulhou na água e desapareceu sob a escuridão do riacho noturno. Marius ficou no barco, esperando em vão que ela retornasse. Ele esperou porque não queria fazer isso sozinho. Ele não suportava deixar as coisas desse jeito. Se ela voltasse, tudo se resolveria. Tudo o que ela tinha que fazer era nadar de volta.

A noite o cumprimentou com nada além do zumbido de mosquitos.

26

OS FIFOLETS PARECIAM NÃO ter compromisso. Eles observaram a briga entre Marius e Rhiannon e estavam aguardando imóveis quando ele desistiu da sereia. Foi preciso certo esforço do caçador de monstros para contornar a formação rochosa e se juntar a eles. Ele teve o cuidado de não derrubar o que restava da água. Eles provavelmente não o ajudariam se Marius derrubasse sua casa ou a oferenda.

Ao se aproximar, os fifolets flutuaram até sua linha de visão e foram em direção ao sul. Marius teve que entrar na água até os joelhos e se arrastar por entre o musgo para chegar a uma margem onde ele pudesse viajar. Por serem criaturas do ar, os fifolets flutuavam perto o bastante para que ele os acompanhasse, mas não tão perto para serem tocados.

O terreno variou como a maior parte de Luisiana. Terrenos pantanosos e mangues desaguavam em riachos e afluentes. Não havia explicação para a rede de vias navegáveis. A mãe natureza não seguia um padrão, ainda mais em relação aos riachos. Por sorte, já fazia algum tempo que não chovia, o que dava a Marius mais terra seca do que ele normalmente teria para manobrar.

A noite já não era uma criança. Ele soube pela altura da lua. Não era lua cheia, mas estava cheia o suficiente para enxergar. Se houvesse um cemitério por perto, sua condição de garoto-coveiro teria lhe dado uma luz extra da qual ele precisava. Infelizmente, não havia túmulos ali. Nenhum que fosse sinalizado, de qualquer forma.

Não pense em pessoas mortas. E a luz só faria de você um alvo. Apenas continue e se mantenha alerta.

— O que eu faço, mãe? Como posso vencer? Estou com tanto medo — ele disse.

Ele falou baixinho, em arfadas curtas e trêmulas. Não havia ruídos de pessoas tão longe assim no pântano. Não havia carros, nem risadas, nem música e muito menos conversas. Quando Marius falou, suas palavras soaram duras e altas demais.

Seu pó de tijolo não vai funcionar. Sal é melhor. Lembre-se, um rougarou não nasce. É criado.

— Como ele é criado? Como eu o mato?

Em algum lugar por aí, uma bruxa o criou a partir dos cadáveres das criaturas mais ferozes. Homem, lobo e jacaré. Ele está costurado por um fio encantado. Para vencer a criatura, corte o fio.

— Como vou encontrá-lo? — Marius perguntou.

Nesse momento, os fifolets chegaram a uma clareira no pântano. A beira da água terminava em uma praia crescente. Era feita de terra e salpicada de pedras. Além da praia, havia um campo cheio de musgo, que devia ter ficado debaixo d'água nos meses chuvosos. Não havia árvores, então a lua iluminava a área.

Os fifolets se aglomeraram, agitados, antes de dispararem em todas as direções. Cada um voou para uma direção diferente. Sua luz se reduziu a nada na noite misteriosa. Marius congelou no lugar, tentando decidir qual deveria seguir.

Um uivo profundo e trêmulo ecoou pelo pântano. A água do riacho estremeceu por baixo dele. Os pássaros se contorceram nas árvores e voaram para longe da clareira. Ficou bem óbvio por que os fifolets tinham fugido às pressas. Eles tinham cumprido sua parte. Levaram Marius até o rougarou.

De repente, Marius se viu incapaz de dar outro passo. Na verdade, ele tinha quase certeza de que havia se esquecido de como se mover em geral. Ele ouviu os ofegos pesados de uma criatura gigante para além da costa, mas ainda não a tinha avistado.

Fuja, Marius. Você não tem que fazer isso. Fuja.

— Não, eu preciso. Tenho que tentar — ele sussurrou.

Dizer aquilo lhe deu um pouco de coragem que não sentia antes. Ele já estava ali. Não tinha mais volta. Marius descobriu que podia, de fato, se mover. Ele se abaixou e disse a si mesmo que a criatura não devia tê-lo avistado ainda. Se tivesse, Marius já estaria morto. Isso lhe deu a pequena vantagem da preparação.

Marius se agachou o máximo que pôde, se esgueirando pela beirada da água. Havia muitos juncos e grama alta que abafavam seus passos enquanto ele andava. Seu primeiro pensamento foi desenhar o círculo de sal próximo da costa. Seu segundo pensamento foi que isso seria estupidez, porque um jacaré poderia encurralá-lo. Seu terceiro pensamento foi que nenhum jacaré em sã consciência chegaria perto de um rougarou, então o primeiro pensamento devia ser um bom plano.

Apesar de todo planejamento e preparação de Marius, ele não sabia como fazer isso. Talvez ele e Rhiannon pensassem da mesma forma. Talvez ele também tenha pensado que nunca chegaria tão longe. Algo ou alguém com certeza o impediria ao longo do caminho. Algum adulto tomaria uma atitude e interviria. Madame Millet ou Mama Roux, quem sabe? Elas nunca fizeram nada disso, então ele estava ali agora e tinha que arranjar uma solução.

Marius puxou o saleiro do bolso do sobretudo. Com a mão trêmula, ele desenhou um grande círculo ao redor de si mesmo. Ele quase derrubou o saleiro quando o rougarou uivou de novo. Dessa vez, estava mais perto, e uma série de rosnados profundos se seguiu. A fera sabia que ele estava lá.

Ele encontrou o livro no lugar de sempre no bolso interno. E o retirou devagar dali e abriu na página em branco com a palavra *Rougarou* escrita no topo. Marius se esforçou para controlar a respiração, mas foi em vão. Seu coração pulsava dentro do seu crânio, sacudindo tudo em sua visão. Quando o rougarou apareceu, Marius quase perdeu a coragem.

Ele tinha pelo menos dois metros de altura, talvez mais. A criatura se erguia sobre duas pernas poderosas e tinha uma cauda de jacaré pontuda atrás de si. Seu torso era de aparência humana, mas grande demais para ser de um homem. Parecia mais o de um gorila do que qualquer outra coisa. Os braços da fera pendiam longos e baixos ao seu lado com enormes garras em cada dedo. A cabeça era como a de um lobo, mas o pelo do rosto era totalmente branco em contraste com o pelo escuro do resto do corpo.

O rougarou rosnou outra vez e tentou abocanhar Marius três vezes. Algo primitivo dentro dele lhe disse para fugir. Naquele instante. Fugir para longe e não olhar para trás. De alguma forma, o lado sensato de seu cérebro estava funcionando. E lhe disse para ficar o mais imóvel possível. Correr o levaria para fora do círculo. E sair do círculo significava morte certa. E não havia como escapar de um rougarou de qualquer forma.

Com outro uivo terrível, a fera partiu para cima de Marius. Era incrivelmente rápida e saltou em direção a ele com as garras de fora e as presas prontas para morder. O rougarou atingiu uma barreira invisível na linha de sal, que derrubou a fera, deixando-a bufando e rosnando para Marius.

O caçador de monstros estava atordoado, tanto que não conseguiu segurar o livro como deveria. Ele o deixou cair no chão enquanto tentava encontrar sua coragem perdida.

De perto, a criatura era ainda mais assustadora. Havia uma mistura estranha de texturas em seu corpo. A maior parte era de pelos e escamas, mas também havia pele humana. Ele procurou no corpo para ver onde poderia haver uma costura, algo para expor o fio enfeitiçado, mas não viu nada. Ele parecia ser uma coisa só. Talvez a voz de sua mãe estivesse errada.

O rougarou rosnou outra vez e se jogou contra a barreira de sal, mas ela não cedeu. Marius recuperou o livro do chão e o estendeu para a fera que rosnava à sua frente.

— Agarre com força, não deixe escapar. Pó de tijolo e sal para afastar. Linha invisível, um anzol a puxar. Faça o monstro no livro ficar!

O caçador de monstros se preparou para a inevitável força da magia. Fechou os olhos contra o rugido antecipado da fera. Quando nada aconteceu, ele abriu os olhos, procurando pela criatura. Não havia nada. Confuso, Marius verificou as páginas do livro. Não havia nada além da palavra *Rougarou*.

Só quando ouviu o barulho atrás dele foi que soube para onde o monstro tinha ido. O som fez Marius se lembrar de um trovão ganhando força dentro de uma nuvem. O rugido se expandiu no peito da criatura, até que ela atacou numa explosão de movimento.

O rougarou rugiu tão alto que fez os ouvidos de Marius estourarem. Uma luz vermelha explodiu da garganta da criatura, cegando por um instante o caçador de monstros. A fera pegou um punhado de terra e pedregulhos com sua pata maciça e atirou em Marius. Isso não só o derrubou, como também quebrou o círculo de sal que o protegia. Areia e pedras choveram sobre seu corpo.

Ele ouviu o som ritmado do rougarou vindo em sua direção antes de recuperar a visão. Marius agarrou o livro e rolou para a direita. Ele abriu os olhos bem a tempo de ver a garra do monstro rasgar o pedaço de terra onde ele estava pouco antes. A criatura virou o rosto branco para ele. Aquelas pedras duras e pretas no lugar de olhos fitaram a alma de Marius, e ele soube que morreria naquela noite.

Marius se levantou, agarrou um punhado de pó de tijolo e o jogou nos olhos do rougarou. Ele mal notou. Piscou algumas vezes e foi isso. Marius deu as costas para a margem e correu em direção à clareira, mas não foi longe. O rougarou o derrubou por trás e apertou seu tornozelo com uma das mãos cheias de garras.

Ele gritou quando a fera apertou sua perna. Era uma agonia pura e lancinante. Marius lutou contra ele, batendo nas costas do monstro, mas nada aconteceu. Era o mesmo que acertar uma parede de tijolos. Quando o rougarou arremessou Marius, ele ouviu algo em seu tornozelo estalar. Ele não sabia quais ossos estavam cedendo, mas um deles quebrou.

Marius pousou perto da água, escangalhado e espancado. Se sentiu bastante impotente. O rougarou o rondava. Marius se preparou para o golpe mortal, mas, em vez disso, a fera agarrou seu braço e o arremessou para o lado de novo. Por sorte, nada se quebrou quando seu corpo atingiu a terra compactada mais uma vez. Ele perdeu o ar e respirou com dificuldade.

Quando o rougarou estava prestes a fazer a mesma coisa outra vez, Marius percebeu algo importante. O rougarou estava brincando com ele como um gato brinca com um rato. Era divertido para ele. Isso deixou Marius furioso.

Ele não era um brinquedo. Sua vida valia mais do que aquilo e ele machucaria o monstro nem que fosse a última coisa que fizesse.

Quando Marius sentiu o rougarou alcançar seu tornozelo quebrado de novo, ele puxou a faca de filé do bolso e o esfaqueou o mais forte que pôde. Ele conseguiu alojar a lâmina logo atrás da orelha de lobo da fera. A criatura gritou e jogou Marius para longe. Assim que atingiu o chão, Marius se sentou, armado apenas com seu saleiro.

— Vamos, seu saco de vômito com cara de cachorro. Venha me pegar! — Marius gritou.

O rougarou rosnou para ele. A faca de Marius ainda estava presa atrás da orelha. Ele não tentou tirá-la. Toda a atenção da fera estava em matar o caçador de monstros. Ela partiu para cima de Marius. O garoto jogou sal na criatura, mas isso nem mesmo a desacelerou. Marius colocou as mãos sobre a cabeça e esperou pelos dentes horríveis do rougarou.

Nada aconteceu.

Marius ouviu um gemido agudo e então vários rosnados curtos e raivosos. Ele abriu os olhos para ver o rougarou se debatendo na praia com algo que estava agarrado em seu ombro. A grande fera rugia, e choramingava, e arranhava desesperada algo que Marius não conseguia identificar.

Assim que o rougarou se moveu na luz do luar, Marius viu Rhiannon. Ela estava presa ao ombro da criatura com todos os seus dentes. Suas garras cavavam e rasgavam sua carne. Quando o rougarou soltou uma de suas garras, ela enfiou sua farpa bem em suas costas. Ela atacou várias vezes como o monstro feroz que era.

Marius percebeu como estava perto das águas mais profundas. Rhiannon devia tê-lo seguido. Ela tinha vindo até ali para ajudar. Uma esperança crescente inflou seu peito. E o aqueceu de dentro para fora, dando a ele força o suficiente para continuar.

Ele não estava sozinho.

O caçador de monstros rolou sobre os joelhos e conseguiu se equilibrar em um pé só. Se ele conseguisse pegar o livro, acabaria com aquilo. Ele avistou os restos do círculo de sal a dez metros de distância. O livro jazia sem vida no meio dele. Seu tornozelo quebrado gritava com ele, enquanto ele mancava para longe.

Antes que Marius alcançasse o livro, o rougarou levou a melhor sobre Rhiannon. Com um terrível movimento de raspagem, a fera a agarrou, arrancando-a de suas costas. Ele segurou a sereia pela cauda e a jogou na direção de Marius. Ela atingiu o chão na sua frente com um arquejo úmido. Arranhões vermelho-escuros subiam pelo braço direito e cobriam o peito dela.

Ela não se moveu. Sua boca estava normal outra vez, suas farpas, retraídas, e ela parecia tão pequena na areia. Marius não sabia dizer se ela estava respirando.

— Rhia! — Marius gritou.

Com um rugido gutural, o rougarou correu na direção deles. Marius se arrastou o mais rápido que conseguiu para ficar entre a fera e Rhiannon.

Marius, o amuleto!

Era tudo o que lhe restava. Um último esforço. Ele não tinha ideia do que isso faria, ou se faria alguma coisa, mas sua mãe disse que ajudaria. Se nada acontecesse, pelo menos ele morreria defendendo uma amiga. Nenhum deles estaria sozinho.

Marius enfiou a mão dentro da camiseta e puxou o pingente de corvo. As presas do rougarou estavam tão perto que ele podia sentir o fedor quente do hálito em sua pele. Ele arrebentou a corrente e a estendeu para o monstro.

Tudo ficou branco.

27

POR ALGUMA RAZÃO, FICAR cego por um instante fazia seus ouvidos zumbirem. Não deveria ser assim. Não fazia sentido, mas Marius se viu com as mãos sobre os ouvidos à medida que o mundo voltava a ter foco. O tom estridente em sua cabeça foi se dissipando aos poucos enquanto ele analisava a situação.

Em primeiro lugar, ele não estava morto. Isso era bom, porque ele esperava estar morto. A segunda coisa que ele notou foi que o rougarou também não estava morto. Estava em uma pilha por perto, ofegando alto e choramingando. A terceira coisa era que Rhiannon poderia estar morta, porque ela não estava se movendo.

— Não. Não, não, não — Marius gritou, se arrastando até a sereia. — Rhia, fala comigo! Não, você não pode estar morta. Por que você veio me procurar? Você poderia simplesmente ter me deixado morrer.

Marius olhou para ela e, com gentileza, tocou seu ombro ileso. Os arranhões ao longo do braço e da clavícula estavam profundos. Sangue preto-avermelhado escorria lá de dentro. Ele colocou a cabeça em seu peito e sentiu batimentos cardíacos mínimos. Estavam fracos e lentos, mas estavam lá.

Havia vestígios do seu rosário espalhados na praia ao redor dela. O cordão estava rompido. Pequenas contas de caveira entulhavam o chão. Algo afundou em seu estômago. Era a proteção dela, e agora se foi.

O rougarou gemeu e rosnou a uns dez metros de distância. Parecia uma fração do monstro que tinha sido momentos antes. Embora a fera tivesse sido controlada, Marius não sabia por quanto tempo continuaria assim. Seus rosnados estavam pesados, e sua respiração saía em lufadas curtas. Ele queria ficar com Rhiannon. Alguém tinha que ajudá-la, mas o rougarou ainda era um perigo. Ele precisava matar a fera naquele instante, ou os dois acabariam mortos.

Marius agarrou o amuleto de corvo com a mão. A prata brilhava à luz da noite. A pedra da lua incrustada no topo irradiava um calor branco de qualquer que fosse o feitiço que Marius havia libertado. Sua mãe tinha razão. Era poderoso o bastante para protegê-lo, mas por quanto tempo? Ele examinou a área, mas não conseguiu localizar o livro dos monstros.

Havia uma vara longa e bifurcada por perto. Marius a usou como uma muleta para mancar até o rougarou. Ele se aproximou com cuidado. O monstro era uma pilha de pelos e escamas uivantes. Quando ele se aproximou, viu os espinhos rígidos de jacaré ao longo das costas da criatura. Uma pele escamosa e robusta se entrelaçava ao pelo preto.

Ele sentiu o odor mofado de água parada. O cheiro de sangue e eletricidade estava no ar. Marius não havia percebido antes, mas o rougarou tinha musgo de riacho e ervas daninhas mesclados com a ponta de seu pelo. Perfurações profundas cobriam seus ombros e costas. Pedaços inteiros de carne estavam faltando graças à boca cheia de dentes de Rhiannon.

Sem o livro, não havia jeito de capturá-lo. Ele teria que incapacitá-lo de outra forma. O fio. Sua mãe havia dito que a fera era costurada com um fio que mantinha tudo junto.

Com cuidado, Marius mancou ao redor da criatura. Seu rosto branco brilhava ao luar enquanto sua cabeça se movia para a frente e para trás, abocanhando o ar aqui e ali ao ouvir diferentes sons. Seus olhos pretos agora eram de um vermelho rosado. O rougarou os movia sem controle, como se tentasse encontrar algo que estava invisível.

— Você está cego agora — Marius sussurrou.

O rosto do rougarou se virou em sua direção, mordendo o vazio entre eles. Ele tentou mover os braços, mas Rhiannon tinha feito um belo estrago na fera. Marius viu um respingo de sangue em seu rosto branco logo acima da orelha. De lado, parecia que o rougarou tinha três orelhas. A terceira era, na verdade, a faca de Marius ainda cravada na cabeça do monstro.

O plano de Marius era totalmente ridículo, mas era tudo o que ele tinha. Ele mancou até a parte de trás da criatura. Com um longo salto, conseguiu se jogar sobre suas costas. O rougarou estava machucado, mas ainda rosnava e se debatia. Marius enfiou a mão no pelo de musgo e prendeu as pernas o melhor que pôde para não ser arremessado.

Quando a fera ficou de bruços novamente, Marius se arrastou na direção do pescoço. Ele enfiou o pé intacto no ombro machucado do monstro, causando dor. A criatura choramingou e tentou mordê-lo, mas Marius se sentiu no controle. Agarrou a lâmina e a arrancou. Um rugido alto ecoou no silêncio do riacho.

Quando a faca saiu, trouxe com ela um pouco de pelo e carne. Um pequeno reflexo captou o luar sob o sangue e o ferimento. Um fio. Era um fio dourado, costurado logo abaixo de sua orelha. Marius teria saltado de alegria se pudesse. Era esse o fio sobre o qual sua mãe havia lhe falado. Essa poderia ser a ruína da criatura.

Marius enfiou a faca no monte de costuras. Com um rápido puxão, a corda se rompeu. A fera gritou quando ele agarrou uma das pontas e a puxou com força. Era como desfazer um suéter horrível. Ele continuou puxando os fios ensanguentados. Em segundos, a orelha da fera caiu.

O caçador de monstros ferido saiu de cima do rougarou com o fio ainda em mãos. Ele se afastou, puxando o mais forte que podia. A fera rugiu uma última vez antes que seu focinho se soltasse e caísse no chão. Em seguida foi a cabeça, depois tudo, dos ombros até o tronco e o quadril. Marius continuou puxando cada vez mais, até a criatura ser apenas um monte de partes arfantes.

Havia um leve brilho debaixo do braço direito do rougarou. Marius mancou até o local, se esquivando com facilidade dos músculos contorcidos e das garras inúteis. Quando ele avistou a fonte da luz, um alívio tomou conta de si. Era seu livro dos monstros.

Marius ofegou com dificuldade enquanto arrancava o volume de debaixo da criatura. Seus pulmões se encheram com o fedor quente de cachorro molhado e suor quando o livro se soltou. Um alívio profundo e sem fim inundou seu corpo.

Marius se arrastou para longe e se sentou sobre a grama ensopada. Ele abriu na página correta e apontou para o rougarou. Era um pedaço de carne tão inútil agora, mas ele ainda o coletaria. Marius lambeu os lábios secos e começou:

— Agarre com força, não deixe escapar. Pó de tijolo e sal para afastar. Linha invisível, um anzol a puxar. Faça o monstro no livro ficar!

Ao contrário dos outros monstros, o rougarou não lamentou quando o poder o puxou para dentro das páginas. Não houve luta, nem uma tentativa de arranhar a terra em vão. O agrupamento de partes sem vida desapareceu dentro das páginas com a mesma resistência que a sujeira faz a um aspirador de pó.

Marius soltou um profundo suspiro de alívio, mas ele não tinha muito tempo a perder. Ainda havia Rhiannon. Ela não havia se movido durante tudo aquilo. Quando ele se arrastou de volta para ela, o pulso fraco que ela tinha se foi.

— Não. Não, eu demorei demais. Por favor, Rhia! Você pode me ouvir?

A sereia não se moveu. Nem um movimento mínimo das pálpebras ou uma elevação no peito. Marius sentiu um pânico arrepiante percorrer seus ossos. Era culpa dele. Ela não estaria ali se não fosse por ele. Ele tinha que trazê-la de volta.

Sentir o peso da faca nas mãos o fez lembrar de algo importante. Cabelo de sereia era o melhor curativo do mundo. Marius cortou um punhado de suas longas madeixas na parte de baixo e as colocou sobre os ferimentos dela. Uma de cada vez, se certificando de que elas estavam bem fixadas.

Seu sangue não mais escorria do corte no ombro, mas ela ainda não estava respirando. Marius arrastou seu corpo alguns metros para dentro da água rasa. A maioria das pessoas não sabe onde as guelras das sereias ficam, mas

Marius sabia. Ele sentiu atrás de suas orelhas e puxou com delicadeza até se abrirem. Ele espirrou água várias vezes para dentro.

Ainda assim, ela não respondeu.

— O que foi? O que posso fazer? Tem que haver alguma coisa!

Marius se virou de um lado para o outro, procurando no pântano por alguma ideia, qualquer uma. Ele não conseguiu pensar em nada, e o corpo de Rhiannon estava ficando gelado.

— Mãe! O que eu faço?

Marius esperou, mas a voz de sua mãe não respondeu. Não havia ninguém para ajudá-lo. Eles eram as únicas pessoas num raio de quilômetros, e mesmo assim, quem ajudaria uma sereia? Ninguém a conhecia além dele. Ninguém a amava além dele.

O feitiço de invocação era sua única chance.

Ele conhecia o feitiço de cor. Todos o conheciam em seu mundo. A maioria das crianças normais sabia como ligar para o número correto de emergência. Talvez eles memorizassem alergias familiares ou contatos de emergência. Crianças como Marius aprendiam feitiços que saravam cortes, aliviavam queimaduras e chamavam almas que haviam partido recentemente de volta aos corpos.

Não havia um limite de tempo exato para o feitiço de invocação que trazia a alma de um ente querido de volta ao seu corpo. Muitos fatores estavam em jogo. Uma das regras dizia vinte minutos. Se você não conseguisse chegar até eles em vinte minutos, havia poucas chances de trazê-los de volta.

Ao contrário do feitiço de ressurreição, o feitiço de invocação era fácil. Era o mesmo que Madame Millet havia utilizado para seu marido quando o encontrou morto após um ataque cardíaco. Era o mesmo que Marius tentou executar em sua mãe depois do acidente. Nas duas vezes foram inúteis, porque a alma da pessoa já tinha passado para o outro lado. Mas talvez, só talvez, funcionasse agora.

— Aqueles já mortos e os que estão a morrer. Ouçam agora o que vou dizer. Meu ente querido, não quero perder. E tento sua alma de volta trazer.

Nada aconteceu.

Tinha que haver um jeito, ele pensou. Simplesmente tinha que haver.

Ele avistou o colar de corvo próximo de onde havia derrubado seu livro dos monstros. Ele brilhava com intensidade, como se o chamasse. A pedra da lua irradiava uma luz branca.

Uma ideia esperançosa surgiu em sua mente. Era arriscado, mas talvez funcionasse.

Marius agarrou o talismã e correu de volta para Rhiannon. A dor em seu tornozelo o estava matando, mas ele não podia se preocupar com isso agora.

Ele empurrou ainda mais o corpo dela para dentro da água para evitar que sua cauda se secasse. Ela já estava perdendo parte de sua luminescência. Com dedos trêmulos, Marius amarrou o colar com o crânio de corvo ao redor do pescoço de Rhiannon.

Um pensamento terrível passou por sua cabeça, e ele congelou no lugar. E se isso fosse o contrário de ajudar? O crânio de corvo tinha incapacitado o rougarou. Rhiannon era um monstro. Ela era amiga dele, mas, ainda assim, um monstro. Ele não sabia como isso funcionava.

A cor de Rhiannon desbotou ainda mais. O tempo estava acabando. Ele tinha que agir.

Marius reajustou o talismã no peito dela. Ele espirrou um pouco mais de água lamacenta em seu corpo sem vida. Não, ele pensou. Ele não podia começar a pensar nela como um corpo. Esse era um jeito infalível de fracassar. Ela era Rhiannon. Não um corpo. Ainda não.

Marius encarou a sereia com uma determinação renovada. Ele bateu palma no ar acima do peito de Rhiannon. Embora o céu noturno estivesse limpo, um barulho de trovão rompeu quando suas mãos se encontraram. Ele as esfregou, sentindo uma energia. Marius olhou para a amiga e colocou as mãos em seus ombros.

— Aqueles já mortos e os que estão a morrer. Ouçam agora o que vou dizer. Meu ente querido, não quero perder. E tento sua alma de volta trazer.

Mais uma vez, o mundo ficou branco e Marius não viu nada.

28

MARIUS CAIU DE COSTAS, tampando os olhos. A areia e os pedregulhos arranharam seu couro cabeludo. Houve aquele zumbido agudo de novo, mas não durou tanto tempo. Ele tirou as mãos do rosto e tentou se concentrar.

A princípio, o mundo continuou branco. Ele se perguntou se, dessa vez, o amuleto o tinha cegado como havia feito com o rougarou. Felizmente, não ficou em dúvida por mais do que alguns segundos.

O mundo escureceu e voltou ao normal para ele. Marius viu as árvores acima e as estrelas no céu noturno. A água o encharcava até a cintura. Ainda havia manchas em seus olhos, mas elas estavam desaparecendo.

Marius se virou em pânico para olhar Rhiannon. Ele agarrou seus pulsos e mexeu em seu rosto. Pressionou o ouvido em seu peito outra vez, mas não ouviu batimento algum. Os curativos ainda cobriam seus ferimentos, mas era só isso. Seu rosto não se mexeu. Ele lhe lançou um olhar firme, desejando que seu peito se movesse. Ele se recusou.

Marius enfiou os dedos na terra e gritou no ar vibrante de Luisiana. *Por que não?*, ele pensou. Quem se importava se ele berrasse? Não havia mais monstros. Todos tinham ido embora, até mesmo a sereia. Ele caiu outra vez no chão e cobriu o rosto com as mãos sujas. Ele queria chorar. Poderia ter chorado se ainda restasse alguma coisa.

Quando sentiu o mínimo frescor em sua testa, quase desmaiou. Era o toque macio do beijo de uma sereia. Talvez fosse o único ser humano a saber qual era a sensação e ainda estar respirando. Marius tirou as mãos do rosto e viu Rhiannon sorrindo para ele.

— Oi — ela disse com uma voz rouca. — Acho que eu estava morta até agora há pouco.

Marius não proferiu uma palavra. Ficou ali, sentado, boquiaberto. Então, com um movimento rápido, jogou os braços ao redor dela e a apertou com força.

— Pensei que eu tinha perdido você — ele disse.

— Ai, ai! Cuidado! — ela gritou.

Marius se afastou ao sentir o próprio choque de dor e se desculpou. Com toda a sua empolgação, ele havia esmagado o ombro machucado dela. Eles formavam uma dupla e tanto, machucados e deploráveis. A boa notícia era que estavam vivos. Marius a abraçou, com muito mais cuidado.

— Você morreu. Foi tudo culpa minha, e você morreu — ele sussurrou em seu cabelo. — Por que você veio me procurar?

— Somos amigos. É isso que amigos fazem, não é? — ela perguntou.

— Não conheço muitos amigos que enfrentariam um rougarou por alguém — Marius comentou.

— Eu não conheço muitos humanos que salvariam uma sereia — ela retrucou.

Eles se sentaram na parte rasa juntos, absorvendo o que tinha acontecido. O movimento gentil do riacho era gostoso em seu corpo, lembrando-o de que o mundo ainda girava. Eles sobreviveram.

Algo, talvez um peixe, passou pelo tornozelo quebrado de Marius, fazendo-o se encolher. Ele estremeceu de dor. Como se estivessem conectados, Rhiannon também se encolheu, apertando o ombro.

— Você também sentiu? — ele perguntou.

— Sim. Você também consegue sentir? — ela perguntou, pressionando o ombro.

— Ai! Sim. Não faça isso — ele pediu.

Marius e Rhiannon olharam fixamente para os ferimentos um do outro. O ar entre eles rodopiou de forma surreal. Um toque de magia que não existia antes. Por alguma razão, seu tornozelo e o ombro dela sentiam a mesma dor.

— Bom, isso é novidade — Rhiannon disse, dirigindo o olhar para seu próprio machucado.

— Sim — Marius concordou. — Uma novidade e tanto.

Demorou a maior parte da noite para saírem do pântano. Marius teve que se segurar na cintura de Rhiannon e usar um bastão comprido para conseguir se movimentar na água. Quando ele se cansou, a sereia assumiu, arrastando-o ao longo das partes profundas quando elas surgiam. E tudo piorava com o fato de que, sempre que seu tornozelo doía, o ombro dela também cedia, e vice-versa. Qualquer que fosse a razão, os ferimentos feitos pelas mãos do rougarou estavam magicamente conectados.

O barco foi uma visão bem-vinda, mas também difícil de manobrar com os ferimentos. Jogar o tornozelo quebrado sobre a borda doeu mais do que ele esperava, fazendo-o uivar de dor. A sereia cerrou os dentes embaixo d'água até ele se acomodar.

Quando se posicionou lá dentro, Marius lançou a corda para Rhiannon se agarrar. Embora estivesse exausto, era capaz de remar sem muita dor, então ele a fez se segurar com o braço ileso enquanto a arrastava pela água.

Eles chegaram ao Cemitério Stone Grey assim que o sol apareceu no horizonte. Quando Marius avistou o cais em seu pequeno cemitério, se sentiu a pessoa mais feliz do mundo. Eles tinham conseguido. Haviam sobrevivido. Agora ele podia trazer sua mãe de volta.

29

QUANDO ELE MANCOU ATÉ a porta da frente de Madame Millet, estava encharcado de água de pântano e todo coberto de terra de túmulo. Ele cheirava a sujeira e sangue. Até mesmo os gatos intratáveis lhe deram espaço.

Depois da batalha, seu primeiro instinto foi ir para casa dormir. O problema era que ele não tinha muito tempo de sobra antes de o feitiço expirar. Além disso, seu tornozelo com certeza estava quebrado. A outra ideia era ir até o Habada-Chérie para descontar o rougarou com Papa Harold. Era longe demais para ir sozinho. Ele nunca conseguiria.

A casa de Madame Millet ficava a duas casas do cemitério. Uma caminhada muito mais fácil depois de saltar túmulos. Então, a casa escolhida foi a de Madame Millet.

Marius tocou a campainha. Ele rezou em silêncio para que Madame Millet abrisse a porta. Não seria um problema também se fosse um dos gêmeos. Qualquer pessoa exceto...

— Mas que lixeira te cuspiu, Mary?

Qualquer pessoa exceto Mildred.

Restavam poucas palavras em seu cérebro após sua provação, e Marius decidiu que não queria desperdiçar nenhuma delas com Mildred Millet. Ele não disse nada quando ela parou para observá-lo com atenção. A boca de Mildred se abriu quando viu o sangue em suas roupas, e ela deu um passo para trás para evitar a poça de água do pântano que se formava ao redor dos pés dele.

— Você... fez isso mesmo?

Uma rajada de ar perfumado de sândalo passou por eles quando Madame Millet apareceu à porta atrás da filha. Ela deu uma olhada em Marius e o arrastou para dentro, empurrando Mildred para fora do caminho.

— Meu Deus do céu, o que aconteceu? O que foi que fez isso com você? — Madame Millet gritou em pânico.

Ele não respondeu de imediato. Toda a movimentação o havia deixado com uma considerável quantidade de dor. A maravilhosa mulher jogou o braço dele por cima de seus ombros e o ajudou a caminhar do corredor até seu escritório. O mesmo de onde Marius havia roubado a água virgem antes. Ele se sentiu culpado outra vez.

Ela forçou Marius a se sentar em uma de suas cadeiras boas. Ele sabia que estava molhando suas almofadas chiques com água de pântano e sangue, mas, de alguma forma, ele não se importou muito. Madame Millet não parecia ligar, então por que ele deveria?

— Responda — ela exigiu enquanto inspecionava seus ferimentos.

— Eu estava caçando um rougarou — Marius disse, debilitado.

É melhor falar a verdade, ele pensou.

Ele notou Mildred espreitando perto da porta. Seu rosto era uma mistura de medo e admiração. Ela não lançou nenhum de seus olhares habituais em sua direção. Pelo contrário, parecia aterrorizada.

— Um rougarou! Sua criança tola. Quem te deu essa ideia? Ele poderia ter matado você.

— Quase matou — Marius disse. — Mas eu o matei primeiro.

Marius retirou o livro dos monstros do bolso e o colocou sobre a mesa com um *baque* forte. O volume já esteve melhor. Estava surrado e um pouco ensopado. As páginas estavam amassadas nas bordas, mas elas ainda zumbiam e pulsavam com a luz do rougarou lá dentro. Por sorte, livros dos monstros se curavam sozinhos com o tempo, como seres humanos, mas esse em particular tinha passado por poucas e boas. Levaria um tempo para se recuperar.

— Você... pegou um rougarou? — Madame Millet perguntou, encarando o livro.

Madame Millet agarrou o telefone grudado à parede e discou. Ela não tirou os olhos de Marius enquanto fazia isso.

— Sim, olá. Meu nome é Madge Millet, e eu preciso de uma ambulância — ela disse.

Não houve necessidade de dar um endereço. Marius tinha quase certeza de que Madame Millet nunca dava seu endereço a ninguém. Não havia uma pessoa em Algiers Point que não conhecesse sua casa. Por temor ou amor, você sabia onde ela morava.

— Estou com um garoto aqui que foi... atacado por um cão selvagem. Sim, em algum lugar no riacho. Não sei onde. Só venha para cá agora mesmo.

Madame Millet desligou o telefone e lançou a Mildred um olhar preocupado. Elas encararam Marius como se três cabeças fossem brotar dele e ele fosse torcer o pescoço para trás.

— Não vou a lugar nenhum até coletar a minha recompensa — ele disse, determinado.

Mildred e a mãe olharam para as páginas brilhantes do livro. Como se percebesse que estava sendo observado, o livro vibrou mais ainda, sacudindo as bugigangas na mesa. O eco fantasmagórico do uivo de um rougarou preencheu a pequena sala. As mulheres deram um pulo.

— Você o pegou mesmo? — Mildred perguntou.

— Sim.

— Você está me dizendo que capturou um rougarou nesse livro? — Madame Millet perguntou com calma e muita cautela.

— Sim. Agora quero ser pago. Não vou a nenhum hospital até que isso aconteça.

— E como eu vou te pagar? — Madame Millet perguntou.

— Eu estive no seu depósito — ele disse com muita vergonha no rosto. — Vi as balanças na parte de trás.

Se não estivesse morrendo de dor, Marius poderia ter rido da cara que Madame Millet fez. Era raro ver a maravilhosa mulher tão aborrecida, mas agora, ela com certeza ficou atordoada. No entanto, ela não tentou negar.

Sem dizer uma palavra, Madame Millet se levantou e desapareceu no depósito. Quando retornou, o conjunto de balanças estava em suas mãos. Ela se sentou de frente para ele e colocou as balanças sobre a mesa. Era sua vez de parecer envergonhada.

— Mamãe? — Mildred disse com milhares de perguntas em seu tom.

— Foi há muito tempo, filha. — Essa foi sua única resposta.

— Mamãe, dá para ouvir as sirenes — Mildred disse.

Todos eles ouviam. A ambulância talvez estivesse a alguns quarteirões de distância, soando sua música irritante nas primeiras horas da manhã. Madame Millet acelerou o ritmo, gesticulando para Marius colocar o livro no prato. Ele fez isso, e ela moveu os pesos ao redor às pressas.

Ela adicionou peso após peso na balança, mas eles não se equilibraram com o valor do monstro. Madame Millet usou todos os pesos que tinha, e ainda não era suficiente. Por fim, ela desistiu, jogando seu pesado colar de contas na balança também.

Pelo visto, isso foi o suficiente. A moeda de cobre se transformou em uma moeda mística. O valor no topo indicava quatrocentos.

Marius soltou um longo suspiro de alívio. Era mais do que precisava, ele pensou. Enfim tinha a última parte do feitiço. Ele pegou a moeda e o livro, colocando-os em seu sobretudo. Com as duas coisas protegidas, ele afundou na cadeira, sentindo cada pedacinho de cansaço que ele carregava.

— Menino, como você fez isso? — Madame Millet perguntou.

Ela nunca teve uma resposta. O ruído da sirene da ambulância tomou conta de todo o som na sala. Agora estava do lado de fora, e dois paramédicos correram para dentro da casa.

Mildred saiu do caminho, enquanto eles cercavam Marius, verificando seu corpo e apontando luzes para seus olhos.

— É o tornozelo direito dele — Mildred disse da porta.

— O que aconteceu com ele? Ele está coberto de quê? — o paramédico perguntou.

— Não sabemos — Madame Millet respondeu. — Ele voltou para casa assim. Disse alguma coisa sobre um cão grande. Eu sou a... tia dele, então posso ir junto com vocês.

— Você pode nos ouvir, garoto? — o outro paramédico perguntou.

— É o meu tornozelo que está quebrado. Não meu ouvido — Marius respondeu.

Ele ouviu Mildred bufar, e Madame Millet a enxotou, sussurrando algo sobre cuidar dos gêmeos e da casa. Um dos paramédicos tocou o tornozelo de Marius e ele tremeu de dor. O outro estava examinando o resto do corpo. Ele devia estar um caco. Os paramédicos ficavam trocando olhares estranhos.

Foi preciso algum esforço, mas conseguiram colocar Marius em uma maca e carregá-lo até a ambulância. Ele não gostou da máscara de oxigênio ou do soro intravenoso. Gostou mesmo foi do remédio para dor. Ele deslizou em suas veias, gelado e tranquilizante, sem que o garoto percebesse.

Pela primeira vez desde a luta, Marius não sentiu dor alguma. Era tão reconfortante que ele adormeceu sem esforço. Ele só esperava que, em algum lugar, Rhiannon também estivesse se beneficiando disso.

30

UM DIA E MEIO se passou antes que Marius estivesse em frente à placa de seu cemitério outra vez. Tudo bem que não era assim que ele gostaria de voltar para casa. Ele se equilibrava em um par de muletas emprestadas. Seu tornozelo direito tinha um gesso azul e ele usava uma roupa emprestada do hospital. As roupas de Marius foram consideradas irrecuperáveis, exceto seu sobretudo, que parecia intacto, considerando tudo. Ele se recusou a se desfazer dele.

A história do cão selvagem tinha finalmente tranquilizado médicos e autoridades. Madame "Tia" Millet o liberou assim que pôde. A maravilhosa mulher recolheu e pagou sua conta e toda a evidência de que ele já havia estado lá. Histórico, anotações, recibos. Ela tinha a influência para fazer tudo isso desaparecer.

É claro, Madame Millet tentou convencê-lo a ficar com ela por alguns dias para se recuperar, mas Marius recusou com educação. A ideia de dividir um teto com Mildred por qualquer período de tempo que fosse era bem desagradável.

Marius não era bom com muletas, mas isso era melhor do que um bastão qualquer em um pântano, então quem era ele para reclamar? Ele se carregou enquanto o sol pairava baixo no céu. Logo ia se pôr, e os fantasmas lhe fariam um milhão de perguntas. Ele precisava agir sem demora.

Hugo saiu de trás de um túmulo com um olhar assustado no rosto. Fantasmas não demonstravam medo muito bem. Por que teriam medo de alguma coisa? Já estavam mortos. Hugo não disse uma palavra quando Marius se aproximou. Ele apenas apontou um dedo trêmulo na direção do cais. Marius não precisou de mais explicações.

Mancar com as muletas em um caminho de terra era muito mais fácil do que usá-las em um cais de madeira irregular, mas Marius deu conta. Quando ele se aproximou da beirada, colocou-as de lado e se arrastou para perto da água. O barco estava amarrado na lateral, deixando um espaço vazio à sua frente.

Ela emergiu devagar, mas com firmeza. A água embaixo do cais era mais rasa, mas havia espaço suficiente para que ela manobrasse por entre a grama alta. Rhiannon ergueu a mão ilesa, agarrou a beirada do cais e se puxou para a superfície. Aqueles olhos verdes-água dançaram enquanto ela o observava.

— Eles colocaram uma coisa estranha no seu pé — ela disse ao tocar o gesso dele com uma das garras.

— É para mantê-lo no lugar, assim vai se curar.

— Humanos são tão estranhos — ela comentou.

— Como está o ombro? — ele perguntou. — Você ainda acha que estão conectados?

Rhiannon não respondeu com palavras. Ela apertou o curativo no ombro em vez disso. Marius e Rhiannon estremeceram de dor ao mesmo tempo. Seus ferimentos ainda estavam magicamente conectados, mesmo depois de alguma cicatrização.

— É, acho que sim — Marius disse.

Havia milhares de palavras que precisavam ser ditas. Horas e mais horas de conversa. Muitas coisas tinham acontecido. Tantas coisas haviam mudado. Eles precisavam conversar sobre isso. Discutir isso tudo seria a maneira saudável de processar um evento tão traumático.

Nenhum deles disse uma palavra.

Marius e Rhiannon ficaram juntos em silêncio. Sem desconforto. Sem raiva. Eles apenas decidiram respirar por alguns belos minutos juntos sem palavras. No fim, eles não precisaram falar sobre a noite com o rougarou. Pelo menos, não ainda. Era o suficiente dividir o mesmo ar, sabendo que os dois haviam sobrevivido.

Quando o dia deu lugar ao anoitecer, Marius olhou para seu cemitério. Ainda havia uma coisa a fazer. Ele estava com medo e animado, mas não conseguia se mexer.

— Ela está esperando por você — Rhiannon disse, quebrando o silêncio.

— Sim. Não sei por que eu estou esperando — ele comentou.

— Você está esperando por isto — ela disse.

Ele se virou para a sereia enquanto ela tirava o talismã de crânio de corvo do pescoço. A pedra da lua havia parado de brilhar na noite da batalha. Agora estava como sempre havia sido. Linda e despretensiosa. Rhiannon o colocou nas mãos dele.

— Mas e se você precisar dele para se curar? — ele perguntou. — Não tenho certeza de como isso funciona, e o seu rosário quebrou durante a luta.

— Estou bem. Além disso, talvez você precise dele para chamá-la de volta. E você pode me arranjar um colar novo. Gostei mais dos crânios do último, de qualquer forma.

— Não sei como te agradecer — Marius disse com um sorriso.

— Então não agradeça agora — ela disse simplesmente. — Me agradeça quando você souber como. Caso contrário, você só vai perder tempo tentando.

Marius sorriu ainda mais e concordou. Ele colocou o crânio de corvo dentro do bolso do casaco. Foi preciso algum esforço, mas ele conseguiu ficar de pé e ajeitar as muletas embaixo dos braços. Ele deu a Rhiannon um breve aceno, e ela acenou de volta pouco antes de mergulhar na água. A súbita corrente de água no ombro dela fez seu tornozelo doer.

Ele mancou de forma desajeitada até o mausoléu da família. Foi difícil abrir as portas com as muletas, mas ele deu um jeito. Marius tomou um grande gole de água e buscou seus suprimentos. Moedas místicas, crânio de corvo, velas, feitiço roubado, pó de tijolo, sal e um pé de cabra.

Ele arrancou a lápide da parede da sepultura. O nome Kelly Stone caiu na terra junto com a lápide. Então ele retirou os tijolos que estavam atrás dela. Ele olhou para dentro da cova vazia. Sua mãe havia sido sepultada quase dois anos antes, então seu corpo não passava de cinzas e fragmentos de ossos. Nada que fosse reconhecível.

Olhar para a sepultura familiar era como olhar para a cavidade ocular de um crânio. Um vazio escuro e cavernoso que costumava guardar algo importante. Agora a vida se foi. Tudo o que era necessário tinha virado pó. Reverter as coisas seria uma tarefa difícil.

Marius verificou as páginas roubadas do feitiço e seguiu o trabalho de preparação ao pé da letra. Isso era mais do que apenas chamar a alma de volta ao corpo de uma pessoa morta recentemente. Esse feitiço trazia alguém de volta do além. Não havia mais corpo para o qual retornar. O corpo de Kelly Stone não passava de cinzas. Ele tinha que tirá-la do inferno, corpo e alma.

Ele marcou a parede ao redor da abertura com três X de cada lado com pó de tijolo. Desenhou um semicírculo com sal no chão em frente ao túmulo. Acendeu velas brancas e as colocou em cada janela e porta. Em seguida, empilhou as moedas místicas necessárias. A soma tinha que ser de exatamente seiscentos e sessenta e seis moedas. Era um número alto, mas esse era o preço do inferno.

A parte final não estava escrita no feitiço, mas era algo necessário. Rhiannon havia reafirmado essa ideia. Marius pegou o colar de crânio de corvo e o colocou dentro do túmulo de sua mãe. Qual talismã seria melhor do que esse para chamá-la de volta ao mundo dos vivos? Um pouco das cinzas grudou em seus dedos, e ele não teve coragem de limpá-los.

Marius se afastou um pouco e respirou fundo. As palavras tinham que ser recitadas com perfeição. Não dava para gaguejar ou hesitar. Ele leu o feitiço várias vezes em sua mente antes de recitá-lo em voz alta.

— Do anjo, o perdão, do demônio, a trapaça. Não me questione, apenas o faça. Sono profundo, descanso eterno. Traga essa alma de volta do inferno.

Um vento forte abriu as portas, apagando as velas dentro do mausoléu. Momentos antes, não havia brisa alguma, e agora um vendaval forçava sua entrada. O vento espancava os vitrais, mas eles se mantinham firmes. Marius deu um salto, mas começou outra vez.

— Do anjo, o perdão, do demônio, a trapaça. Não me questione, apenas o faça. Sono profundo, descanso eterno. Traga essa alma de volta do inferno.

Do lado de fora do mausoléu, houve o som de uma explosão, mas uma que parecia vir de todos os lados ao mesmo tempo. A força do estrondo fez com que as janelas estourassem para dentro. Marius se abaixou e protegeu a cabeça com as mãos. Parecia que alguém havia acendido fogos de artifício em ambos os lados do prédio. Uma chuva de cacos de vidro voou em direção a Marius, cobrindo-o de pó de vidro e sujeira.

Ele se levantou, destemido. A calma não voltou, mas ele tinha que continuar. Ele precisava recitar mais uma vez, mas o vento gritava ao redor da sala, picando sua pele. O semicírculo de sal se rompeu com a explosão, mas ele não podia consertá-lo. Não havia tempo. Ele tinha que continuar, ou tudo estaria perdido.

— Do anjo, o perdão, do demônio, a trapaça. Não me questione, apenas o faça. Sono profundo, descanso eterno. Traga essa alma de volta do inferno.

Ele esperou uma última explosão. Uma tentativa final de matá-lo ou de impedir que o feitiço se realizasse. Talvez o demônio de encruzilhada que a havia levado aparecesse para lutar contra Marius pela alma de sua mãe. Ele estava pronto. Ele lutaria contra qualquer coisa, não importava quão ferido estivesse.

Nada aconteceu.

O vento uivante e a terrível explosão sumiram tão rápido quanto surgiram. Restou a destruição, mas a causa desapareceu. Toda a energia do mal havia sido sugada da sala. As velas estavam espalhadas pelo chão entre os cacos de vidro. Pó de tijolo e sal cobriam seus sapatos e gesso. Marius olhou para o túmulo da mãe e não havia nada. Nenhuma luz vermelha vindo de dentro. Nenhuma mãe que voltava para ele. Nada. Só escuridão.

O feitiço não havia funcionado.

Ele se sentou no chão em meio ao terrível silêncio. De alguma forma, o mundo parecia ainda mais vazio do que antes. A ausência da respiração dela, da voz dela, da ternura da respiração dela o atingiu com mais força. Antes de tudo isso, ela ainda não tinha morrido completamente, não para ele. Quando houve uma chance de o feitiço funcionar, ela ainda estava, de certa forma, viva.

Mas agora? Agora tudo estava acabado. Sua mãe tinha morrido, de verdade. Ele nunca a tiraria do inferno.

Marius enterrou o rosto nas mãos e chorou. Não eram os soluços altos e torturantes de uma criança. Não, ele não era mais um garoto. Já não era há um tempo, mesmo quando queria ser. Suas lágrimas escorriam constantes e silenciosas pelo rosto. Era o jeito de órfãos que já não podem ser mais crianças.

— Me desculpa, mãe. Eu decepcionei você.

31

QUANDO ELE MANCOU PARA fora do mausoléu, o mundo continuava como ele o havia deixado. Nada tinha mudado. Aquele fato parecia errado de alguma forma. Todo o esforço e dor deveriam ter entrado nas fibras do universo ao redor dele; ou assim ele pensava. Deveria ter significado algo em algum lugar.

O mundo não gira ao seu redor, filho. Ele não gira ao meu redor. Ele não gira ao redor de ninguém.

Ele inspirou o ar úmido e o cheiro forte de sal em suas roupas. Os últimos raios de sol estavam desaparecendo. Vaga-lumes se juntaram às libélulas, enquanto elas zumbiam na superfície da água.

Marius avistou Hugo e Rhiannon no cais. Eles cochichavam um para o outro. Quando o avistaram, os dois se animaram. Cada um deles exibia sua própria versão de um rosto esperançoso. A de Hugo tinha o otimismo desenfreado de uma criança. Os olhos de Rhiannon estavam tão arregalados que pareciam quase caricaturais.

Isso fez seu estômago embrulhar ainda mais quando eles viram sua expressão. Ele testemunhou a esperança escapar dos dois como havia acontecido com ele. Todo o trabalho, e a dor, e o perigo foram em vão. Eles haviam fracassado. Não, ele tinha decepcionado os amigos.

Ninguém disse uma palavra, enquanto ele caminhava devagar até o cais. Só quando ele se sentou na beirada que Hugo ousou falar:

— O que aconteceu?

Marius não conseguiu responder. Era tudo demais.

— Não funcionou — Rhiannon disse, respondendo por ele. — Não é?

Ele balançou a cabeça e se deixou encostar em um dos suportes do cais. Marius não conseguia olhar para a sereia. Ela quase tinha morrido ao tentar ajudá-lo, e para quê? Para nada.

— Marius? — Hugo perguntou, hesitante.

— Eu... não consigo falar sobre isso agora — Marius respondeu.

Sua voz soou fraca e deprimida. *Era de se esperar*, ele pensou. Era como se sentia.

— Mas, Marius... — Hugo disse outra vez.

— Agora não, Hugo. Eu...

— Marius! — Rhiannon disse. Sua voz saiu tão repentina e afiada que ele e Hugo se assustaram. — Se vira agora!

O caçador de monstros virou a cabeça e viu um estranho parado em seu cemitério. Ele tinha uma aparência estranha. Pálido, mas não como se esse fosse o tom natural de sua pele. Parecia que ele estava doente, ou que alguém havia drenado o sangue de seu corpo. Os olhos do homem estavam vermelhos e esbugalhados. Ele estava curvado como se seu estômago estivesse dolorido.

Marius usou o pilar para se levantar. Rhiannon agarrou o cais com as duas mãos. Ela cerrou os dentes e todo seu corpo ficou tenso. Ele sentiu a dor em seu tornozelo por conta dos esforços dela.

— Hugo, suma daqui — Marius pediu quando o homem começou a se contorcer.

O lutin desapareceu no ar. Marius esperava que ele não voltasse. Poucas coisas podiam ferir fantasmas, mas ele não queria descobrir quais podiam naquele instante. Não havia como saber que tipo de ameaça eles estavam enfrentando.

— Você é o garoto? — o estranho perguntou entre os dentes. Ele parecia estar genuinamente com dor, como se estivesse segurando algo dentro dele, e o esforço o estivesse machucando. — O garoto... ca... caçador de monstros?

— Sou eu — Marius respondeu devagar. — Quem é você?

O homem estranho não respondeu. Em vez disso, gritou e começou a se transformar em outra coisa. Seu corpo convulsionou à medida que foi ficando maior e mais magro. Seus braços se alongaram e suas unhas viraram garras. A pele descamou do rosto e o crânio de um cervo substituiu sua própria cabeça. Chifres brotaram no topo, enquanto seus olhos afundaram no crânio, apenas para serem substituídos por esferas vermelhas brilhantes. Roupas ensanguentadas se espalharam pelo chão ao seu redor.

Quando o ato terminou, o monstro tinha mais de quatro metros de altura. Toda a roupa tinha se rasgado e caído ao redor dos cascos. Seu corpo macilento se curvava como antes, mas agora eles podiam ver cada costela exposta e pedaço de carne caindo de seu torso. Era todo feito de ossos, garras e tufos de pelo. Não havia restado nenhum sinal do homem.

— O que é isso? — Rhiannon sibilou.

— Um wendigo — Marius sussurrou para ela. — Minha mãe me contou sobre eles. Ele não deveria estar aqui. Eles não vivem tão ao sul assim.

O monstro se endireitou pela primeira vez e rosnou para eles. Marius enfiou a mão no bolso e agarrou seu livro dos monstros. Seu corpo doeu com o movimento. Ele podia sentir seus ossos que ainda estavam se curando rangerem.

O wendigo enfiou as garras no chão e bateu com o casco como um touro prestes a atacar um toureiro. Marius se preparou para outra luta, mas antes que o monstro pudesse entrar em ação, ele tombou no chão, gemendo por causa de algum ferimento invisível.

Para a surpresa de todos, Rex apareceu por trás da besta. O demônio exibia aquele sorriso malicioso de sempre. Aquele que fazia a pele de Marius se arrepiar. O caçador de monstros colocou o livro de volta no bolso, mas não tirou a mão dele.

— Não haverá nada disso, Hector — Rex disse ao agarrar os chifres do wendigo e o puxar para o chão. — Estamos aqui para pagar uma dívida.

O wendigo soltou um gemido de lamentação. Rex o soltou, e a criatura ficou sobre as quatro patas. Os olhos brilhantes se moviam de Rex para o caçador de monstros.

— Do que você está falando? Que dívida? — Marius perguntou.

Seus molares doíam de tanto pressioná-los. Ele relaxou os músculos, estalando a mandíbula ao fazer isso. Marius focou toda a sua tensão em agarrar o livro. Naquele momento, ele não sabia para onde apontá-lo. Quem era o verdadeiro perigo?

Ele decidiu manter o livro escondido até descobrir. Era melhor não mostrar sua mão. E se Rex decidisse tentar roubá-lo?

— Você pagou caro para o inferno, caçadorzinho. E nós pagamos as nossas dívidas.

— Mas o feitiço não funcionou.

— Ah, sim, o feitiço — Rex disse, dando uma risadinha. — Você fez tudo direitinho, exceto por um grande problema.

— E qual foi? — ele perguntou.

— Você não tinha um corpo para ela. Ela só tem cinzas, criança — Rex respondeu com um sorriso que iluminou seus olhos ferozes. Ele estendeu a mão para revelar um punhado de cinzas. — Para onde achou que a alma dela iria quando você a chamasse de volta?

— Eu... não...

Seu instinto lhe dizia que as cinzas nas mãos de Rex pertenciam à sua mãe. Ele olhou para os próprios dedos. Ainda tinham restos das cinzas que ele havia tocado mais cedo.

Marius ficou mudo e irritado. Ele não sabia que ela precisava de um corpo para voltar, mas quando pensou nisso, se deu conta de que fazia sentido. Marius odiou com força esse fato, e ele fez uma careta para a criatura presunçosa. A alegria de Rex ao ver seu constrangimento tornou tudo muito pior. Marius decidiu mudar o rumo da conversa.

— Desde quando o inferno paga as suas dívidas, afinal? Sua espécie enganou a minha mãe, para começo de conversa. Vocês não cumpriram o acordo na época.

— Ah, foi isso que contaram para você?

— Isso é o que eu sei — Marius retrucou.

— Bom, garoto, talvez você queira esclarecer algumas coisas. E este é o seu dia de sorte, é claro. Você pode perguntar à sua mãe pessoalmente. Ouvir a verdadeira história de fonte segura e tudo mais.

Antes que Marius pudesse dizer outra palavra, Rex agarrou o wendigo pelo chifre e o empurrou para a frente. Ele tropeçou e choramingou. Marius quase sentiu pena do monstro.

— Faça — Rex ordenou.

— Eu não quero. Já paguei a minha dívida — o wendigo disse.

A voz da fera soava como cascalho rolando dentro de uma lata. Ela ecoava de dentro das partes ocas do crânio do cervo.

— Você tem um longo caminho antes de sair do vermelho, Hector. Faça agora ou eu farei por você — Rex ameaçou. Seu sorriso nunca sumiu do rosto.

— O que está acontecendo? — Marius perguntou.

Ele lançou um olhar a Rhiannon para ver se ela tinha alguma ideia. Para seu alívio, ela havia se movido para o outro lado do pilar de apoio do cais. Um lugar onde ela podia se esconder, mas também observar o que estava acontecendo. Rex não a havia notado, e era melhor assim.

Ela estava com uma das mãos pálidas ao redor do pilar, as unhas afiadas cravadas na madeira. Seus olhos concentrados na cena à frente deles. Marius sabia que se precisasse da sereia, ela entraria em ação sem hesitar.

O wendigo choramingou outra vez e bateu o casco no chão. Ele enfiou a mão no peito e arrancou algo com força. O som doentio de algo se rachando cortou o ar. Quando o monstro puxou a mão para fora, segurava uma de suas próprias costelas.

Uma forte brisa soprava no cemitério, espalhando o fedor do corpo do wendigo. Marius se lembrou da bruxa bu. Toda a podridão e ruína sob as tiras de carne. A diferença era que o wendigo estava coberto de tufos de pelo. O cheiro trouxe imagens de um cadáver sarnento sob o sol quente. Ele tampou o nariz com a mão.

O monstro começou a cavar o chão encharcado. Com as grandes garras, não demorou muito para fazer um buraco considerável. Ele jogou a costela lá dentro. Quando o wendigo terminou, mancou para trás, se encolhendo atrás do demônio. Sangue espesso e amarronzado escorria de seu peito.

Rex deslizou em direção ao buraco e depositou o punhado de cinzas em cima da costela. Um calafrio profundo percorreu o corpo de Marius, fazendo com que seu tornozelo vibrasse dentro do gesso. O demônio preencheu o buraco com a terra restante, fazendo um montinho.

— Você sabe como se faz um wendigo? — Rex perguntou sem dar qualquer explicação para o que tinha acabado de acontecer.

— É uma pessoa corrupta que foi amaldiçoada. Um canibal — Marius respondeu. Ele não estava satisfeito com essa encenação escolar, mas entrou no jogo para ir direto ao assunto.

— Depois da mudança, eles nunca ficam satisfeitos, sabe. Sempre estão com fome. Eles se alimentam de humanos, mas nunca é o suficiente. O velho Hector aqui já comeu dezenas, talvez centenas, de pessoas durante sua vida.

— O que isso tem a ver com a minha mãe?

— Um osso de um wendigo tem matéria-prima suficiente para criar um ser humano inteiro — Rex respondeu, apontando para o montinho de terra que continha a costela e as cinzas. — O inferno paga as suas dívidas. Vamos fazer um corpo para a sua mãe.

32

REX ESTALOU OS DEDOS e o chão começou a retumbar. Isso sacudiu as árvores e fez as tábuas do cais rangerem como se houvesse dentes na cabeça de Marius. Ele se segurou no pilar, desesperado, tentando diminuir a dor em seu tornozelo. Teve vontade de ir para terra firme, mas Rhiannon estava no cais. Juntos estavam mais seguros.

Por fim, o estrondo se transformou em um tremor, que depois se converteu outra vez em quietude. A única evidência do pequeno terremoto era a nova quantidade de folhas no chão. O wendigo e o demônio pareciam não ter sido afetados.

Houve um longo momento de silêncio no qual ninguém emitiu som algum. Na verdade, nada fez barulho. Não havia grilos. Nem respingos de peixe. Nem sapos coaxando. Nem vento. A água do riacho estava parada, calma como ele jamais a viu antes.

O silêncio foi pior do que o terremoto. Era como se algo tivesse sugado todo o ar da área, e ninguém conseguisse respirar. Marius estava prestes a dizer algo, qualquer coisa para fazer o mundo voltar a falar outra vez. Mas acabou que ele não precisou fazer nada. Outra pessoa devolveu a voz ao mundo.

O monte de terra se moveu. A terra estremeceu e foi empurrada. Se expandiu e foi pressionada para cima, como algo prestes a estourar. Após alguns segundos, uma mão magra apareceu, lançando pedaços de terra e folhas em todas as direções. Uma segunda mão surgiu pouco depois. Elas agarraram e puxaram até uma cabeça aparecer. O resto do corpo veio logo depois.

Uma mulher se ergueu. Ela usava um longo vestido preto coberto de terra de cemitério. Seu rosto era oval, simples e bonito. Ela tinha cabelos pretos ondulados até a cintura, os quais jogou para trás dos ombros numa confusão de cachos. Suas mãos e pés estavam pretos de tanto cavar desde o submundo.

Quando ela o olhou, ele soube. Por baixo de toda aquela sujeira, Marius reconheceu seu rosto.

Sua mãe estava tremendo. Seus olhos pretos olhavam ao redor como se estivessem em transe. Ela via o mundo como se o estivesse observando em vez de fazer parte dele. Uma espectadora observando os peixes a nadar em um aquário em vez de ela mesma nadar.

Marius mancou até ela, hesitante. Isso aconteceu em parte porque seu tornozelo estava doendo demais e em parte porque ele não tinha certeza se ela era mesmo sua mãe. E se fosse algum truque terrível de Rex? Ele era um demônio, afinal de contas.

Quando ele a alcançou, uma brisa gentil soprou o perfume dela em sua direção. Claro, havia a sujeira e o cheiro de terra fresca, mas por baixo disso havia algo familiar. O cheiro de óleo de jacarandá que sua mãe passava no cabelo. Também o cheiro de amaciante de lilás que ela usava nas roupas. O leve aroma de café recém-coado e açúcar. Os cheiros dela.

— Marius — ela disse gentilmente, olhando para ele.

Marius observou o rosto de sua mãe com olhos arregalados de fascinação. Sua boca pareceu seca e ele se deu conta de que ela estava aberta. Ao sorrir, os olhos castanhos dela se estreitaram um pouco, enrugando as marcas de expressão.

— Mãe? É você?

— Filho, acho… que estou tendo o sonho mais lindo — sua mãe respondeu.

Quando ela falou, foi com um tom de fascinação e curiosidade, como se sua mente não acreditasse no que os olhos estavam vendo. Ela se virou de um lado para o outro, observando o cemitério como se nunca o tivesse visto antes.

— Estou sonhando acordada? Não, não pode ser. Eles nunca me deixam sonhar. Não pode ser real.

— Mãe, acho… acho que é real.

Quando ela voltou sua atenção para Marius outra vez, ele viu o véu que cobria seus olhos se erguer. Eles clarearam em um instante, e ela o reconheceu. Marius mal conseguia respirar. Ele se ergueu sem jeito, favorecendo o tornozelo quebrado. Seus olhos a examinaram por completo, como se estivessem tentando confirmar se tudo era verdade. Ela poderia estar viva de novo?

Kelly Stone agarrou o filho e o envolveu em um abraço que só uma mãe pode dar. O calor, a sensação, só ela e Marius conheciam. Ele afundou dentro de si mesmo e a abraçou de volta.

Ele havia conseguido. Havia trazido ela de volta. Toda a dor e sofrimento significavam algo. Ele tinha vencido no final das contas. Aquele lugar frio em suas costas enfim se aqueceu.

Marius viveu aquele momento triunfante. Ele respirava apenas nos abraços de sua mãe. Ali, ele estava seguro. Não havia monstros, nem dor. O lado de fora não importava. Tantos músculos em seu corpo ferido relaxaram.

Não haveria mais noites solitárias. Nem saudade de sua mãe. Ele não viveria mais como um garoto órfão rejeitado.

Sua euforia foi apenas interrompida pela voz dissipada de Rex, que conduzia para longe o wendigo, desaparecendo no ar.

— Ela é toda sua, caçadorzinho. Você recebe o que paga.

33

— **MARIUS — KELLY DISSE, BAIXINHO.** — Eu… preciso lavar o rosto.

Ele se soltou do abraço com relutância, ainda segurando os braços dela em busca de apoio. A sujeira de suas mãos sujava o sobretudo e a pele dele, mas ele não se importava. Eles caminharam até o cais com certo desconforto. Sua mãe vacilava como se não usasse as pernas há algum tempo.

Na beira do cais, ela usou as mãos para lavar o rosto com a água do riacho. Não era muito limpa, mas era melhor do que nada. Depois de esfregar as mãos e o rosto, ela se sentou como uma garotinha, balançando os pés na água. Marius se sentou ao seu lado, com medo de dizer qualquer coisa que pudesse quebrar o feitiço.

Os olhos de Kelly Stone se iluminaram de repente, e ela se virou para o filho com uma lucidez renovada.

— Marius. Isso é real? Estou mesmo de volta? — ela perguntou como se ainda não acreditasse.

— Sim, mãe. Eu trouxe você de volta — ele disse gentilmente.

Seus olhos se arregalaram ainda mais, como se ondas de compreensão continuassem a atingi-la. Ela estendeu a mão molhada e agarrou seu pulso.

— Mas como? Como você conseguiu o dinheiro?

Marius olhou sem jeito para seu sobretudo. Ele tirou o livro dos monstros do bolso e o colocou sobre o cais para o mundo inteiro ver. Emoções conflitantes embrulharam seu estômago. Orgulho com um toque de receio. Quando ela voltou a olhá-lo, um sentimento crescente de culpa veio por si só.

A expressão no rosto de sua mãe mudou de novo quando ela o observou. Finalmente ela o via por completo pela primeira vez desde que havia emergido do chão. Ela colocou a mão em sua bochecha e afastou o cabelo de seus olhos.

— Você está mais velho. Muito mais velho do que deveria.

— Já faz um tempo, mãe. Você ficou muito tempo longe.

— Quanto tempo? Não havia como contar as horas onde eu estava… — ela comentou, com a voz sumindo.

— Dois anos — ele respondeu, baixinho. — Você esteve morta por dois anos.

Kelly respirou fundo. Ela olhou ao redor, prestando atenção no cemitério, no riacho e em seu filho. Seus olhos examinaram a aparência esfarrapada dele e recaíram sobre o gesso. Ela estremeceu como se ela mesma tivesse sofrido a fratura.

— Você esteve sozinho? Todo esse tempo, você esteve aqui sozinho... caçando monstros?

Marius percebeu um movimento na água. Notou o brilho bem fraco de um conjunto de escamas e uma mecha de cabelo. A criatura pálida se moveu pela água do riacho sem fazer barulho. Kelly Stone poderia ter notado se não estivesse tão focada no rosto de Marius.

— Bom, eu não estava totalmente sozinho.

Ele apontou para a água aos pés dela. Os dois observaram Rhiannon emergir devagar das profundezas turvas. Os olhos de sua mãe se arregalaram quando ela viu a sereia adolescente. Rhiannon quase nunca parecia ansiosa, mas pareceu naquele momento. Ainda assim, ela não rompeu o contato visual.

— Por favor, não se apavore, mãe. Rhia é minha amiga. Ela me ajudou a trazer você de volta.

Marius não tinha certeza do que esperava. Afinal, sua mãe tinha caçado monstros no passado. Uma sereia era um monstro. Ela tentaria capturá-la? Machucá-la? Contaria aos outros sobre sua existência?

Para sua surpresa, Kelly Stone relaxou o corpo e sorriu para sua amiga. Rhiannon sorriu de volta. Foi uma visão muito satisfatória. Suas duas pessoas favoritas estavam finalmente se conhecendo. Marius prendeu a respiração na expectativa do que poderia acontecer a seguir.

— Ah, Marius, você acha que eu nunca conheci uma sereia antes? — ela perguntou, com doçura.

O queixo de Marius caiu, e ele se esforçou para recuperar a compostura. Sua mãe se abaixou e tocou a bochecha de Rhiannon. A sereia apoiou o rosto em sua mão. Havia tanto conforto nisso. Ele ficou imaginando se Rhiannon também precisasse do que ele precisava. Uma mãe para abraçá-la. Se ela não pudesse encontrar a própria mãe, talvez a dele servisse.

— Obrigada por cuidar do meu filho. — Kelly voltou sua atenção para Marius. — E sinto muito por você ter ficado sozinho. Isso nunca deveria ter acontecido. Estou de volta agora, filho. Você nunca mais terá que caçar monstros. Você está seguro. Vocês dois estão.

Quando ele pensou nisso, uma tensão em seu corpo se dissipou. Ela serpenteava por entre as costelas, pelo peito e em volta do seu coração. Uma dor terrível que ele nunca soube que esteve lá até que passou.

À medida que a tensão desapareceu, Marius sentiu que podia respirar outra vez. Seu coração estava livre para bater como deveria. Ele poderia ser qualquer coisa agora. Ele poderia parar de caçar monstros se quisesse. Poderia ser uma criança normal de novo. Bom, o normal para um garoto-coveiro.

Sua mãe voltou sua atenção para Rhiannon, examinando o ombro dela. Ela murmurou algo sobre um bálsamo de ervas que ajudaria a curar os dois. Também falou sobre mastigar casca de limão para diminuir a inflamação. Ele não ouviu até o final. Tudo ao seu redor ficou mudo quando ele permitiu que ondas e mais ondas de alívio inundassem sua alma.

Marius estendeu a mão e afagou o seu livro de monstros. O volume zumbiu quando seu dedo deslizou pela lombada, quase como um gato ronronando ao ser acariciado. Ele o puxou para o peito, segurando-o como um velho amigo. Naquele momento, ele se deu conta de que o livro não era apenas um livro. Tinha se tornado parte dele. Eles derramaram sangue juntos, lutaram juntos, se arrastaram pela lama juntos. Ele não podia simplesmente deixá-lo de lado.

Um sorriso estranho surgiu em seu rosto quando ele pensou em cada monstro que havia capturado. Cada batalha que tinha vencido contra todas as probabilidades. O sorriso ficou maior quando pensou em quantos ainda havia lá fora.

Todas essas criaturas malignas a serem derrotadas. Todas as moedas místicas a serem coletadas.

Claro, ele *poderia* parar de caçar monstros, ele pensou. Sua mãe estava de volta. Seus amigos estavam a salvo. Mas a verdadeira pergunta — a pergunta de um milhão de dólares — era: ele pararia?

Epílogo

O CAÇADOR DE MONSTROS lutou para respirar. O esmagamento restringia seus movimentos de todos os lados. Parecia que uma jiboia havia se enrolado ao redor do seu corpo e o estava esmagando até a morte. Seus pulmões lutaram para se expandir. Nesse ritmo, ele perderia a consciência em minutos.

— Seu garoto terrível! — Mama Roux disse quando finalmente o soltou. — Como você ousa ir atrás de um rougarou assim? Perder você teria sido a minha morte.

Marius respirou bem fundo. Mama Roux nunca o havia abraçado com tanta força e por tanto tempo. Era difícil dizer se ela estava furiosa ou preocupada. Talvez as duas coisas.

— Desculpa. Eu tinha que fazer isso — ele disse.

— Por quê? Me diga por qual motivo imprudente você tinha pra fazer uma coisa dessas.

A raiva coloriu seu rosto, fazendo-a parecer uma desconhecida. Mama Roux nunca ficava zangada.

— Eu precisava do dinheiro para um feitiço.

— Que feitiço? — ela perguntou, apoiando os punhos cerrados no quadril.

Marius tentou pensar em uma maneira de enrolar. Que resposta poderia acalmá-la?

Ele não tinha certeza de como ela tinha descoberto sobre o rougarou. A fábrica de boatos de uma comunidade periférica podia deixar no chinelo qualquer grupo de velhinhas fofoqueiras, mas demorou uma semana para que o relato se espalhasse. A notícia com certeza vazaria. Por sorte, ninguém parecia saber sobre a outra parte da história ainda.

Fazia uma semana que sua mãe havia voltado do inferno, e ninguém tinha ideia do seu retorno. Ela preferia que fosse assim. Um pouco de paz para se recuperar antes que todos da comunidade mágica a bombardeassem com perguntas.

Uma coisa estava clara. Alguém finalmente tinha contado sobre o monstro, e como as únicas pessoas que sabiam sobre o rougarou eram Madame Millet e Mildred, ele tinha um palpite sobre quem o havia dedurado.

— Não posso dizer. Não ainda — Marius respondeu com a maior expressão de desânimo que conseguiu exibir. — E se eu prometer explicar tudo em breve?

— Breve quando?

— Muito em breve — ele respondeu, tentando fazer com que seu olhar parecesse arrependido.

O caçador de monstros deu o golpe final. Ele diminuiu o espaço entre eles e a abraçou ao redor da cintura. Toda a tensão no corpo de Mama Roux se desfez, e ela o abraçou de volta. Mas não tão forte dessa vez.

Não havia arma melhor para se usar contra uma mãe zangada.

— Tudo bem, garoto. Mantenha o seu segredo por ora. Mas espero que você me conte logo — ela disse, o soltando mais uma vez. — Não vou mais atender a nenhum pedido se você não me contar. Ah, veja, sua comida está pronta.

Um dos cozinheiros se aproximou deles com uma grande sacola de plástico. Quando ele a entregou a Marius, o cheiro tomou conta de seus sentidos. Seu estômago roncou de expectativa. Imaginou se o cozinheiro podia ouvi-lo.

— Por que você tem pedido tanta comida ultimamente? Eu mal vi você ou seus fantasmas a semana toda. Só recebi pedidos para retirada — Mama Roux comentou. — E na metade das vezes, você desaparece antes que eu possa falar qualquer coisa. Agora eu sei o porquê.

— Desculpa por isso. Tive companhia.

— Que tipo de companhia?

— Obrigado mais uma vez pela comida! Tenho que ir. Tchau!

Marius acenou enquanto corria até a porta. Quanto mais ele ficasse, mais difícil seria manter o segredo.

A noite ainda não tinha caído quando ele contornou a colina. Havia luz do dia para aproveitar, mas ela já estava se transformando nos tons laranja e roxo do crepúsculo. Tudo se desacelerava aos poucos à medida que o mundo passava para a fase da lua. Marius inspirou o ar fresco e expirou qualquer preocupação que tinha.

O cemitério estava adiante, e mais além, o cais. Marius mancou em direção a ele com a sacola de comida batendo em sua perna ilesa. O tilintar de risada feminina ecoou pelo riacho, e ele sorriu quando se aproximou de sua fonte.

Kelly Stone estava sentada de pernas cruzadas no cais, com as costas apoiadas em um dos pilares de apoio. O corpo de Rhiannon estava na água, mas ela apoiava os cotovelos na plataforma. Um sorriso sincero preenchia o seu rosto enquanto ela olhava para a mãe dele.

Marius também sorriu sem perceber. Quanto tempo fazia desde a última vez que ele havia sorrido antes dessa semana? E quanto tempo fazia para Rhiannon?

Ter uma mãe por perto mudava a situação. Parecia que eles não precisavam mais se esforçar tanto. Havia alguém ali para tornar tudo melhor. Alguém para fazer tudo se estabilizar. Quando você tinha isso, os sorrisos voltavam.

— Aí está ele! — Kelly disse quando viu o filho. — Já estava na hora. Por que demorou tanto? Estamos famintas.

— Rhia sempre está faminta — Marius comentou com uma risadinha.

— Bom, dessa vez, estamos todos morrendo de fome — sua mãe disse.

Marius se juntou a elas no cais, se sentando na madeira e apoiando as costas no pilar em frente à mãe. Rhiannon flutuou entre eles, encarando a sacola com aqueles seus olhos intensos.

— Mama Roux descobriu sobre o rougarou. Ela não estava nada contente. Houve muitos abraços e perguntas — ele disse, olhando para a mãe.

— Ela não sabe de mim, sabe? — Kelly perguntou.

— Não, mas não posso manter você escondida por muito tempo. Em algum momento, as pessoas vão descobrir que você voltou. É uma comunidade pequena. Todo mundo fala.

— Prometo que não vai demorar muito. Eu só preciso de um pouco mais de tempo para me ajustar.

— Entendo, mas tenho certeza de que Madame Millet vai querer saber. Estou até surpreso que ela ainda não se convidou para ver como eu estou.

— Eu só preciso ter certeza de que tudo está… certo. De que nada está errado.

— Como assim?

Marius a observou desviar o olhar. Ela fitou o riacho enquanto seus olhos ficavam vidrados. Era como se ela tivesse deixado o mundo por um momento.

— Estamos conversando demais — Rhiannon disse. Suas palavras tiraram Kelly de seu transe. — A comida está bem ali. É estupidez não comer.

Uma libélula cometeu o erro de zumbir perto demais do cais. A língua de Rhiannon se esticou e a agarrou com facilidade. Eles ouviram um triturar abafado enquanto ela mastigava.

Marius reprimiu um desconforto e abriu a sacola. Havia peixe frito, gumbo e bolinhos de fubá para ele. Sua mãe quis o guisado cajun *étouffée* com arroz e pão de milho. Ele pediu a maior porção de caranguejo cozido que podia, sem que Mama Roux fizesse perguntas demais, para Rhiannon. Além disso, ele acrescentou duas dúzias de camarão cozido para que todos compartilhassem.

— Ah, esta comida. Juro que não existe melhor *étouffée* no mundo — sua mãe disse entre mordidas.

Marius concordou enquanto descascava um camarão e o enfiava na boca. O sabor tomou conta de sua língua e limpou suas vias nasais.

— Você trouxe alguma coisa para mim?

Todos se assustaram quando Hugo apareceu de repente ao seu lado. O lutin olhou para Marius com olhos esperançosos.

— Você não pode comer — Rhiannon disse.

— Eu sei, mas... estava esperando que... — Hugo disse com a voz sumindo.

— É claro que eu trouxe — Marius respondeu, enfiando a mão na bolsa.

Ele puxou uma maçã de mentira que havia roubado antes de Mama Roux prendê-lo nos braços dela. Parecia de verdade. Alguém havia tido o trabalho de colocar pequenos pingos de cola quente no topo para simular gotas de água.

Os olhos de Hugo se iluminaram ao pegar a maçã.

— Essa é a melhor de todas! Todo mundo briga por ela — ele disse.

— É sua. Você pode ficar com ela aqui e fingir que está comendo sempre que quiser. Só não conta para os outros ou para Mama Roux. Ela já está zangada comigo. Não ficaria muito contente se soubesse que eu roubei uma das maçãs falsas dela — Marius pediu.

— Não vou contar. Para ninguém. Obrigado!

Hugo flutuou para longe com a maçã brilhante nas mãos. Depois que ele foi embora, todos os olhos se viraram para a sereia. Rhiannon encarava sua refeição. Ela pegou um dos caranguejos da caixa e olhou para ele em dúvida.

— O que foi? — Marius perguntou.

— Por que está dessa cor?

— Está cozido — Kelly respondeu.

— E tem tempero nele — Marius acrescentou.

— Prefiro quando estão vivos. Eles se mexem quando você os come — Rhiannon disse.

A sereia fez uma careta. Era uma aparência estranha para ela, e Marius quase riu. Ele tinha quase certeza de que ela ficaria brava se ele fizesse isso, então continuou:

— Acho que você vai gostar deles cozidos. É apimentado.

Rhiannon deu de ombros e abriu a boca horrenda. Ela enfiou o caranguejo inteiro lá, com casca e tudo. O barulho que se seguiu foi ao mesmo tempo repugnante e divertido. Foi muito mais alto do que o som da libélula, uma série de estalos crocantes. Ela engoliu depois de mais alguns segundos de mastigação.

Marius e sua mãe a observaram, esperando por uma reação. A situação toda era curiosamente fascinante. Para a sua surpresa, a sereia acenou com a cabeça em aprovação.

— Você gostou? — Marius perguntou.

— Não gostei que ele não se mexeu, mas a parte apimentada é boa. Parece quando você come água-viva e ela queima a sua língua.

— Aqui, experimenta um camarão — Marius sugeriu.

Quando ele moveu o braço para alcançar a caixa de camarão, a manga enorme do sobretudo roçou na tigela de gumbo. Sua mãe estendeu a mão e agarrou seu pulso. Ela o virou e examinou a mancha molhada em seu casaco.

— Ah, Marius, juro que isso daí fica mais sujo a cada dia. Você tem que tirá-lo e me deixar lavá-lo. Você está parecendo um carniçal.

— Eu... não gosto de tirá-lo.

— Sei que não, mas estou aqui agora. Não precisa estar sempre alerta.

O caçador de monstros baixou a cabeça. Aquele pensamento nunca lhe ocorreu. Por que ele nunca o tirava? Era porque nunca tinha se sentido seguro o bastante para tirá-lo?

— Vamos — sua mãe disse com um aceno de mão. — Tire essa coisa nojenta e a pendure perto do tanque em casa. Pode ir.

Marius pegou um pedaço de peixe e o enfiou na boca. Ele se levantou com um suspiro e andou na direção do mausoléu da família. Quando entrou, tirou o sobretudo e o colocou sobre uma cadeira próxima. Havia várias manchas antigas. Água do riacho, lodo de peixe e sangue. Algumas que ele tinha esfregado repetidas vezes, mas que nunca havia conseguido tirar por completo.

— Eca. Ela tem razão. Precisa mesmo de uma boa lavagem.

Seu estômago pediu que corresse de volta ao cais. Havia mais comida à sua espera. Mais calor. Mais risada. Marius estava com a mão na maçaneta quando um pensamento surgiu em sua mente. Ele parou e voltou ao casaco.

Se sua mãe iria lavá-lo, era melhor esvaziar os bolsos antes. Claro, havia bolsos que eram infinitamente profundos, mas a última coisa que ele queria era provocar o destino e estragar algo. Ele tinha levado muito tempo para coletar alguns daqueles ingredientes.

Marius mancou até o casaco e começou a esvaziar os bolsos. Ele enfileirou várias garrafas e frascos em uma prateleira perto. Água benta, pó de tijolo, sal e jasmim. Depois, havia os rosários. Os normais, os abençoados, e um novo rosário de caveira que ele tinha conseguido para Rhiannon. Ele planejava entregar para ela mais tarde.

A última coisa era o livro dos monstros. Marius o puxou do bolso mais profundo e o segurou com gentileza, como se estivesse vivo. Havia um lugar na prateleira, ao lado de outros livros, que seria perfeito. Um lugar seguro onde o volume poderia se misturar. Onde as pessoas não o notariam e bisbilhotariam.

O caçador de monstros olhou ao redor para garantir que estava sozinho. Ele abriu o livro na última página. Não havia figuras nela. Nenhuma descrição de uma fera capturada. Apenas uma palavra no topo. Uma que era uma promessa. Uma aventura esperando para acontecer.

Chupa-cabra

O nome tinha chegado pelo correio dois dias depois do retorno de sua mãe. Um simples pedaço de papel com apenas algumas informações em um envelope sem endereço de devolução. Ele não reconheceu a caligrafia, mas o adicionou ao livro sem pensar duas vezes.

Marius fechou o livro depressa, usando o misterioso envelope como marca-página. Ele virou a cabeça mais uma vez antes de colocar o livro na prateleira. Ele o deixou lá e voltou para o cais. Para a comida. Para a risada. Para a família.

Tudo voltaria ao normal de novo. Os fantasmas, as tarefas e a escola esperavam por ele. Mas o livro... bom, era o seu segredo. Seu livro de monstros guardaria aquele segredo pelo tempo que fosse necessário.

AGRADECIMENTOS

GOSTARIA DE AGRADECER À minha mãe por acreditar em mim, por apoiar meus esforços criativos desde criança e por me dizer que ser "normal" é chato. Mãe, você poderia ter surtado quando eu desenhava coisas terríveis no meu quarto, mas não surtou, e eu amo você por isso.

Um grande agradecimento ao meu marido Brian, que é meu maior fã e incentivador. Eu quis desistir tantas vezes ao longo dos anos. Você acreditou em mim quando ninguém mais acreditou, inclusive eu mesma.

Obrigada a Ben Miller-Callihan e à equipe da Handspun Literary. Você é, de longe, o melhor agente que eu já tive e um parceiro sensacional de ideias.

Por falar em parceiro de ideias, um enorme agradecimento à minha editora, Holly West, e ao time da Feiwel and Friends. Vocês deram uma chance ao meu livro e eu sou eternamente grata por isso.

Quero agradecer aos melhores leitores betas que um autor poderia desejar, Janet Shawgo e Joan Acklin. Vocês são as primeiras pessoas para quem eu mandei meus livros, um sistema de apoio incrível e minhas queridas amigas.

E por fim, quero agradecer à minha família cajun, que encheu minha vida de risadas, histórias e a melhor comida do mundo. Vocês me amam mesmo que eu não diga *pralinê* direito.

leia também

ASSINE NOSSA NEWSLETTER E RECEBA INFORMAÇÕES DE TODOS OS LANÇAMENTOS

www.faroeditorial.com.br

CAMPANHA

FiqueSabendo

Há um grande número de pessoas vivendo com HIV e hepatites virais que não se trata. Gratuito e sigiloso, fazer o teste de HIV e hepatite é mais rápido do que ler um livro.
FAÇA O TESTE. NÃO FIQUE NA DÚVIDA!

ESTA OBRA FOI IMPRESSA
EM FEVEREIRO DE 2024